首売り長屋日月譚

この命一両二分に候

鳥羽　亮

幻冬舎時代小説文庫

首売り長屋日月譚　この命一両二分に候

目次

第一章　奇妙な剣客　7
第二章　依頼人　62
第三章　幽鬼　108
第四章　監禁　176
第五章　小屋の攻防　224
第六章　剣鬼斃《たお》る　262

第一章　奇妙な剣客

1

血を流したような夕焼けが、西の空を染めていた。そろそろ暮れ六ツ（午後六時）であろうか。

両国橋の西の橋詰、両国広小路は江戸でも屈指の盛り場だけあって、まだ大勢の人が行き交っていた。ただ、仕事を終えた出職の職人、大工、ぼてふり、家路を急ぐ町娘、供連れの武士などが目立ち、迫り来る夕闇《ゆうやみ》に急《せ》かされるように足早に通り過ぎていく。

広小路には、床店《とこみせ》、水茶屋、見世物小屋、おででこ芝居の小屋などが建ち並び、日中は客を呼ぶ声が飛び交っているのだが、いまは静かだった。店仕舞いを始めた店が多く、すでに木戸をしめた見世物小屋などもある。

「刀十郎《とうじゅうろう》さま、今日はおしまいにしましょうか」

小雪《こゆき》が言った。歳《とし》は十六、七。色白のうりざね顔で、鼻筋がとおり、形のいいちいさな唇をしていた。美形である。

小雪は奇妙な格好をしていた。水色の小袖《こそで》に朱の肩衣《かたぎぬ》、紫の短袴《たんこ》という扮装《いでたち》である。町娘にも武家の娘にも見えない。軽業《かるわざ》師か女講釈師といった格好である。

「そうだな、もう客は来ないだろう」

応《こた》えたのは、島田《しまだ》刀十郎だった。

刀十郎が、また奇妙なところにいた。木製の細長い台から、首だけ突き出していたのである。その台は、獄門台のようであった。

獄門台には、刀十郎のほかに人の首がふたつ並んでいた。刀十郎の右手に、ざんばら髪で、苦しげに顔をゆがめている獄悪人らしい男の首、左手には、ぼさぼさの垂れ髪で蒼《あお》ざめた顔をし、半顔を血に染めている女の首が置かれていた。

ただ、よく見ると左右のふたりは、張りぼての人形の首らしかった。獄門台に晒《さら》された首を模して作ったらしい。

その獄門台の前には、木綿《もめん》の白布が垂れ下がり、『首代百文也』と記された紙が張ってあった。台に並んだ三つの首のひとつを百文で売るということらしい。刀十郎は台の下に入り、首だけ突き出しているようだが、その白布は体を隠すためもあるようだ。

獄門台の脇《わき》にある立て札には、『腕試、気鬱晴《きうつばらし》、首代百文也。刀、槍《やり》、木刀、薙刀《なぎなた》、勝手次第。又、借用ノ者、三十文也』と記してあった。

さらに、獄門台の裏手の大川の岸近くに背負《しょ》い籠《ご》が置いてあり、なかに拵《こしら》えの粗末な刀、槍、薙刀、木刀などが入れてあった。三十文出せば、そうした武器《えもの》を貸すらしい。

「今日は、これまでにするか」

そう言って、刀十郎が獄門台から首をひっ込めようとしたときだった。

スッ、と人影が獄門台の前に立った。

初老の武士だった。牢人《ろうにん》であろうか。ひどくうらぶれた格好をしていた。小袖の肩口には継ぎ当てがあり、羊羹色《ようかんいろ》の袴《はかま》はよれよれだった。使い古した粗末な黒鞘《くろざや》の大小を腰に帯びている。

痩身《そうしん》で、すこし猫背である。鬢《びん》や髷《まげ》は白髪《しらが》が目立ち、無精髭《ぶしょうひげ》と月代《さかやき》がだらしなく伸びていた。

老武士は、首だけ突き出している刀十郎の前に足をとめ、刀十郎の顔を食いいるように見つめている。

「お武家さま、百文ですよ」

小雪が慌てた様子で老武士に言った。

「百文出せば、この首を斬《き》ってもいいのか」

老武士が、驚いたような顔をして訊《き》いた。

「そうですよ。百文で、斬るなり、突くなり勝手です。……武器《えもの》も貸しますよ。槍、薙刀、なんでも三十文」

そう言って、小雪は立て札を指差した。

これが、刀十郎と小雪の商売だった。百文出せば、腕試しや気鬱晴らしに獄門台の上の刀十郎の首を斬るなり突くなり、勝手にしていいというのだ。むろん、刀十郎はただ斬られるわけではない。客が刀なり槍なりをふるった瞬間、首をひっ込めて逃れるのだ。客のふるう武器が速いか、刀十郎が逃げるのが速いか。それが、腕試しになり、気鬱晴らしになるというのだ。

こうして、刀十郎が商売をつづけているところを見ると、まだ刀十郎の首を斬ったり突いたりした者はいないということであろう。ただ、命懸けの商売であることはまちがいない。

大道芸人たちや馴染《なじ》み客たちは、ふたりのことを首屋とか首売りとか呼んでいた。

「百文の持ち合わせはないな」

老武士が、照れたような顔をして言った。

「お武家さま、またにしてくださいな。……今日は、もうおしまいなんです」

そう言って、小雪は老武士に背をむけた。

「刀を抜かずに試すなら、十文でよかろう」

そう言って、老武士は懐《ふところ》に手をつっ込んで財布を取り出すと、これしかないので な、とつぶやいて鐚銭《びたせん》をつまみ出し、十文だけ獄門台の隅に置いた。

「十文なんて……。お武家さま、困ります」

小雪が十文を手にして、老武士に返そうとすると、

「待て、小雪」

と、刀十郎がとめた。

そのとき、刀十郎は老武士が、抜かずに試す、と口にしたことが気になったのである。

それに、老武士はいかにも頼りなげに見えるが、剣の遣い手らしいのだ。痩身だが、腰は据わっていたし、身辺に隙《すき》がなかった。

「十文で、お試しくだされ」

刀十郎が老武士に言った。

「かたじけない。……されば」

老武士はあらためて三間ほど間合を取って立つと、左手で鍔元《つばもと》を握って鯉口《こいぐち》を切り、右手を柄《つか》に添えた。

そして、腰をわずかに沈めて抜刀体勢をとった。居合腰である。

……居合か！

刀十郎は、老武士が、抜かずに試す、と言った意味が分かった。己の居合の抜きつけの一刀が迅《はや》いか、刀十郎が首をひっ込めるのが迅いか。抜刀の気を放つことで試そうというのである。

……おもしろい。

と、刀十郎は思った。

「まいる！」

言いざま、老武士はさらに腰を沈めた。

全身に気勢が満ち、痩《や》せた老体が膨れ上がったように見えた瞬間、
タアッ！

鋭い気合と同時に、老武士の全身に斬撃《ざんげき》の気がはしった。

刹那《せつな》、刀十郎は首をひっ込めた。一瞬の早業である。

……斬られた！

と、刀十郎は感じた。

老武士の居合の抜刀は、神速だった。刀十郎は自分の首が斬られていたのを感知したのである。

台の下に首をひっ込めた刀十郎は、数瞬間をおいてから、また首を突き出した。

老武士は笑みを浮かべて立っていた。両手は刀から離し、脇《わき》に垂らしている。いかにも好々爺《こうこうや》といった顔で、

首をひっ込めることはあるまい。刀で受けるなり、身を引くなり、おぬしにはわしの抜きつけをかわす手がいくらもあるからな」

老武士は、十文では安かったな、とつぶやくような声で言ってきびすを返した。

「刀十郎さま、ご存じの方ですか」

小雪が遠ざかっていく老武士の背に目をやりながら訊いた。

「いや、知らぬ」

刀十郎は胸の内で、

……それにしても、江戸はひろい。変わった御仁がおられる。

と、つぶやいた。

「いい勝負だな」

と、小声で言った。

「それがしの首は、落とされました」

刀十郎が言った。

「いやいや、剣の勝負なら、どうなったか分からんぞ。そうであろう。剣の勝負で、

2

小雪は刀十郎に身を寄せると、

「おまえさん、帰りましょう」

と、甘えた声で言った。

刀十郎と小雪は夫婦だった。まだ、所帯を持って一年も経《た》っていないこともあって、小雪は以前と同じように人前では刀十郎さまと呼び、ふたりだけになると、長屋の女房らしく、おまえさんと呼ぶのだ。

「今日の稼ぎは、まァまァだったな」

客から得た銭を合計すると、二朱ほどになった。一日の稼ぎとしては、十分である。

刀十郎と小雪は慣れた手付きで、ふたつの生首を台の前に垂らしてあった白布につつんで背負い籠に入れ、刀、槍、薙刀、立て札などの商売道具は細紐《ほそひも》でくくった。また、獄門台は脚を外して細紐で縛り、川岸近くの樹陰に置いた。また、明日使うので、持って帰らないのである。

小雪が籠《かご》を背負い、刀十郎が束ねた刀槍などを小脇にかかえた。

「さァ、帰ろう」

刀十郎と小雪は、人通りのすくなくなった両国広小路を横切り、神田川にかかる柳橋を渡った。

刀十郎たちが住む宗五郎《そうごろう》店《だな》は、浅草茅町《かやちょう》にあった。大家は島田宗五郎。小雪の父親であり、刀十郎の義父であった。

刀十郎は首売りという奇妙な大道芸で口を糊《のり》しているが、出自は武士であった。陸奥国《むつのくに》彦江《ひこえ》藩《はん》の家臣、藤川《ふじかわ》仙《せん》右衛《え》門《もん》の次男に生れた。藤川は五十石を食《は》む徒目付《かちめつけ》だったが、兄の清太郎《せいたろう》が家を継ぐことになっていたので、刀十郎は家を出ねばならない身だった。

……何とか、剣で身を立てたい。

と刀十郎は思い、領内にひろまっていた真抜《しんぬき》流の道場に通った。そして、稽古《けいこ》に励んだ甲斐《かい》があって、家中では名の知れた遣い手になった。

ところが、仕官はかなわなかった。彦江藩は四万八千石の小藩で、財政も逼迫《ひっぱく》していたため、新たに家臣を召しかかえるような余裕はなかったのである。

刀十郎は江戸へ出る決意をした。江戸に出れば、何とか剣で身を立てられるのではないかと思ったのである。それに、江戸には、島田宗五郎がいた。

宗五郎は真抜流の達人で、国許《くにもと》から江戸へ出て道場をひらいていたのだ。刀十郎は江戸に出て島田道場の内弟子になれば、食っていけるし、剣術の修行をつづけることもできると踏んだのである。

刀十郎は父を通して、江戸へ出て剣の修行を積みたい旨を藩に願い出た。すると、すぐに出府《しゅつぷ》を許可された。藩の重臣たちは、刀十郎が真抜流の遣い手であることを知っていたし、江戸にいれば何かのおりに利用できると踏んだのである。

ただし、藩からの扶持《ふち》は得られなかったので、刀十郎は島田道場に住み込み、下男のような仕事をしながら稽古に精進した。

刀十郎は門弟として稽古に励んでいるおり、宗五郎のひとり娘の小雪と知り合い恋仲になった。そして、宗五郎の許しを得て、ふたりは所帯を持ったのである。

刀十郎と小雪が祝言を挙げて間もなく、島田道場は門をしめることになった。門弟がすくなく、道場をつづけていけなくなったからである。

理由は真抜流にあった。真抜流は、彦江藩の領内にひろまっていた土着の流派で、江戸ではほとんど知られていなかった。加えて、真抜流の稽古は木刀を遣っての型稽古が中心だった。ときには、木刀を遣って打ち合いもおこなうが、実戦を想定した荒々しい稽古であった。

このころ、江戸の道場では、竹刀《しない》を遣った試合形式の稽古が主流だった。町道場は多くの門弟を集めていたが、島田道場のように木刀を遣っての型稽古は敬遠され、田舎《いなか》臭い剣術とみなされていたのである。

それに、宗五郎は道場主に拘泥《こうでい》しなかった。門弟が減ると、自分から早々に道場をたたんでしまったのだ。宗五郎は堅苦しい道場経営より、気楽な首売り稼業の方が性に合っていると思っていたのである。

宗五郎は国許から出府したおり、口を糊する扶持はむろんのこと雨露を凌《しの》ぐ家もなかった。両国広小路近くの大川端で、まだ子供だった小雪とともに途方に暮れていると、通りかかった堂本竹造《どうもとたけぞう》という男に声をかけられ、首売りなる珍商売を勧められたのである。

堂本は、大道芸人や小屋掛けの芸人などの元締めをしている男であった。

宗五郎は刀十郎と小雪が所帯を持ってしばらく経つと、老齢を理由に首売りをやめ、刀十郎に跡を継がせた。刀十郎には、暮らしを立てる術《すべ》がなかったのである。首売りをやめた宗五郎は堂本の勧めもあって、自分たちの住む長屋の大家に収まった。そのさい、初江《はつえ》という女といっしょになり、刀十郎たちとは別の暮らしを始めたのである。

宗五郎店は、浅草茅町の表通りから裏路地をしばらくたどった一角にあった。長屋に入る路地木戸の脇に宗五郎店と張り紙がしてあったが、界隈《かいわい》の住人や宗五郎のことを知っている者は、首売り長屋と呼んでいた。大家の宗五郎が、首売りをしていたことを知っていたからである。

刀十郎と小雪は、首売り長屋につづく路地木戸をくぐると、とっつきにある宗五郎の家に足をむけた。

大家が長屋住まいをしているのは変だが、宗五郎が望んだことだった。初江とふたりだけの暮らしなら長屋で十分だったし、刀十郎たちの住む長屋でいっしょに暮らしたい気持ちもあったのだ。

「遅くなったわね」

小雪が刀十郎に身を寄せて言った。

長屋は夕闇につつまれていた。あちこちの部屋から灯《ひ》が洩《も》れている。ただ、長屋は賑《にぎ》やかだった。戸口の腰高障子《こしだかしょうじ》をあけしめする音、水を使う音、子供の泣き声、亭主のがなり声、子供をしかる母親の声などが喧《やかま》しく聞こえてくる。

宗五郎の家からも灯が洩れていた。初江が洗い物でもしているのか、かすかに水を使う音が聞こえた。

小雪は戸口に背負い籠を置いてから、腰高障子をあけた。

「父上、ただいま帰りました」

小雪が声をかけた。武家言葉である。小雪は長屋暮らしをつづけていたが、子供のころから武士の娘として育てられたので、いまでも武家言葉を遣っていた。ただし、刀十郎とふたりだけになると、長屋の女房のような口を利いた。堅苦しい武家より、長屋の女房として刀十郎と暮らしたい気持ちがあるのかもしれない。

宗五郎は座敷に胡座《あぐら》をかき、茶を飲んでいた。初江は、土間の隅の流し場で洗い物をしている。

「遅かったではないか。心配したぞ」

宗五郎が、湯飲みを手にしたまま言った。

宗五郎は六尺余の偉丈夫である。濃い眉《まゆ》、ギョロリとした大きな目、髭が濃く、鍾馗《しょうき》を思わせるようないかつい顔をしていた。ただ、歳のせいか、鬢や髷、髭にも白髪がまじり、顔の皺《しわ》も増え、小鼻の張った顔とあいまって、怖いというより何となく愛嬌《あいきょう》がある。

「小雪ちゃん、疲れたでしょう」

流し場にいた初江が、濡《ぬ》れた手を前垂れで拭《ふ》きながら、小雪のそばに来た。

宗五郎が首売りをしていたとき、初江は小雪と同じように派手な衣装に身をつつんで首売りの客寄せをしていた。ほっそりした女で、色白の美人である。

初江は宗五郎と組んで首売りの仕事に出る前は、ろくろの初江と呼ばれ、ろくろ首の首役をやっていた。

舞台で行うろくろ首の見世物は、首役と胴役に分かれ、首役は幕の後ろに体を隠し、顎《あご》に長い作り物の首を下げて、せり上がっていく。そうすると、観客からはあたかも首が伸びたように見えるのである。

首役は、凄愴《せいそう》さを演出するためにも色白でほっそりした美人がよいとされた。初江は、その首役に適任だったのである。

「ねえ、夕餉《ゆうげ》の支度はまだなんでしょう」

初江が訊いた。

「ええ、これから」

「そう思ってね。ふたりの分も、御飯を炊いてあるの。持っていって」

初江は下駄を脱いで、框《かまち》から上がった。

流し場のちかくの座敷に、飯櫃《めしびつ》が置いてあった。そのなかに、ふたり分の飯が入っているらしい。

「いつも、悪いわ」

小雪が小声で言うと、

「遠慮することはないぞ。小雪も刀十郎も、住まいは別だが、身内だからな」

宗五郎が目を細めて言った。

初江は飯櫃を抱えてきて、小雪の脇に置くと、

「ねえ、ふたりは聞いてる」

と、小雪と刀十郎に目をむけて言った。

「何のこと」

小雪は小首をかしげた。刀十郎は、小雪の脇に立ったまま、黙って初江に目をむけている。

「人攫《ひとさら》いのことですよ」

初江が声をひそめて言った。

「また、だれか攫われたの」

ちかごろ、首売り長屋では、人攫いのことが噂《うわさ》になっていた。

一月《ひとつき》ほど前、神田佐久間町の指物師《さしものし》の七つになる娘が何者かに攫われ、半月ほど前には、浅草諏訪町《すわちょう》の八つになる船頭の娘が何者かに連れ去られたという。

「そうなのよ。今度は、佐賀町の船宿の娘さんが攫われたらしいのよ。およしという十歳の器量よしだって」

深川佐賀町は、大川端沿いにひろがる町である。

「心配だわね」

小雪が眉宇《びう》を寄せて言った。

「小雪ちゃんも、気をつけなさいね」

「わたしは、大丈夫よ。……もう、子供じゃァないんだから」

小雪の白い頰《ほお》が、ぽっと赤らんだ。娘じゃない、と言おうとして、急に恥ずかしくなったようだ。刀十郎との閨事《ねやごと》が脳裏をよぎったのかもしれない。

「小雪、そろそろ失礼しよう。……ともかく、めしにしたい」

刀十郎が小雪の耳元でささやいた。

「わたしも、おなかがすいちゃった」

小雪は慌てて飯櫃を抱えた。

3

風があった。通り沿いに植えられた柳が、さわさわと枝葉を揺らしている。そこは、神田川沿いにつづく柳原通りだった。

神田川にかかる和泉橋のたもと近くの柳の樹陰に人影があった。牢人体《てい》の老武士である。刀十郎の首売りの場にあらわれ、居合で腕試しをした男であった。

暮れ六ツ（午後六時）過ぎ、半刻《はんとき》（一時間）ほど経っていた。通りは夕闇に染まっている。日中は、通り沿いに古着を売る床店が並び、大勢の人が行き交っているのだが、いまはほとんど人影がなかった。ときおり、仕事を終えて一杯ひっかけた職人らしい男や夜鷹《よたか》そば屋などが、通りかかるだけである。

……金持ちらしい男は、あらわれんな。

老武士が、つぶやいた。この場に来て小半刻（三十分）ほど経つが、金を持っていそうな男は通りかからなかった。

……だが、何とかしないと腹がへってかなわぬ。

老武士の財布はからで、朝から何も食っていなかったのだ。

それからしばらくすると、通りの先に人影があらわれ、笑い声が聞こえた。三人で、ふたりは武士だった。羽織袴姿の武士と従者らしい若い武士、それに中間《ちゅうげん》だった。

三人はしだいに近付いてきた。羽織袴姿の武士は旗本であろうか。身装《みなり》は上物らしかった。腰に帯びた二刀の拵えも悪くない。

……この男にするか。

老武士はつぶやき、柳の陰から足早に通りに出た。そして、三人の男の前に立ち、行く手をふさいだ。

旗本らしい武士が、ギョッとしたように立ち竦《すく》んだ。いきなり目の前にあらわれた老武士に驚いたようだ。

「な、何者だ！」

武士が、甲走った声を上げた。

従者の若い武士が顔をこわばらせ、あるじの前に出ようとした。若党であろうか。気色《けしき》ばんだ顔をして、右手を刀の柄に添えている。

だが、旗本らしい武士の表情は、すぐにやわらいだ。目の前に立った男が、頼りなげな老武士だったからである。

「この命、一両二分で買わぬか」

老武士が、くぐもった声で言った。

「な、なに……」

武士が困惑したような顔をして老武士を見た。老武士が、何を言おうとしたか分からなかったのであろう。

「一両二分でいい。金を都合してくれ」

武士が言った。

「物貰《ものもら》いか。それとも、追剥《おいは》ぎか」

武士の顔に揶揄《やゆ》するような笑いが浮いた。老武士の気が触れているとでも、思ったのかもしれない。

「わしは、物貰いでも追剝ぎでもない。わしの命を買って欲しいだけだ」

「年寄りの命など、買いたくもない」

武士が突っ撥《ぱ》ねるように言った。

「武士が、見ず知らずの者に頭を下げ、金を無心することは、命を捨てると同じことなのだ。……一両二分でよい」

老武士は、武士を睨《にら》むように見すえて言った。双眸《そうぼう》が、うすびかりしている。白髪交じりの鬢が頰に垂れて、風に揺れていた。ゆらりと立っている姿には、幽鬼を思わせるような不気味さがあった。

「そこをどけ！」

若い武士が、老武士を押し退《の》けようとして前に出た。

刹那、老武士の右手が刀の柄に伸び、居合腰に沈んだ。次の瞬間、シャッ、という刀身の鞘走る音がし、腰元から閃光《せんこう》がはしった。

迅い！　居合の抜きつけの一刀だった。

パサッ、と若い武士の羽織の胸のあたりが横に裂けた。

若い武士は、驚愕《きょうがく》に目を剝《む》き、凍りついたようにつっ立った。右手で刀の柄を握っていたが、抜くこともできなかった。

「次は、首を刎《は》ねる」

老武士が、低い声で言った。すでに、刀は鞘に納まっていた。抜刀も迅いが、納刀も迅かった。

「……………！」

旗本らしい武士も、身を硬くしてつっ立っていた。老武士が居合の達人であることを知ったのである。

「一両二分でよい」

老武士が、同じことを口にした。双眸に屈辱と悲痛の色がある。金を無心することを恥じているようだ。老いて、牢人に身をやつしても、胸の内には武士の矜持《きょうじ》が残っているのだろう。

「わ、分かった」

旗本らしい武士は震える手で懐から財布を取り出すと、小判一枚と一分銀をふたつ手渡した。

「すまぬな」

老武士は、手にした金を額《ひたい》に当てて拝むような仕草をした。

「わ、われらは、行くぞ」

旗本らしい男は、老武士の前から逃げるように離れた。若い武士と中間が、慌てて後を追っていく。

三人の足音が遠ざかると、老武士は手にした金を大事そうに財布に入れ、ゆっくりと歩きだした。

だが、すぐに老武士の足がとまった。前方に人影が立っていたのである。いつの間にか、柳原通りは濃い夕闇につつまれていた。その闇のなかに、町人体の恰幅《かっぷく》のいい男が、ひとり立っていた。

男はゆっくりとした歩調で老武士に近付いてくると、

「その命、一両二分では安過ぎますよ」

と、言って微笑《ほほえ》みかけた。

歳は五十がらみであろうか。拵えのいい唐桟《とうざん》の羽織に、細縞《ほそじま》の小袖姿だった。大店《おおだな》の旦那《だんな》ふうである。赤ら顔で、目が細く頰がふっくらしていた。耳朶《じだ》が妙に大きい。恵比寿《えびす》を思わせるような福相の主である。

「何者だ」

老武士が、男を見すえて誰何《すいか》した。

「料理屋のあるじでございます」

男が腰をかがめ、揉《も》み手《て》をしながら言った。

「見ていたのか」

「はい、お武家さまのお命が、一両二分ではあまりに安いと思いましてね。出過ぎた真似《まね》とは思いましたが、声をかけてしまったのです」

「それで、わしに何か用か」

老武士が、訊いた。

「てまえなら、お武家さまのお命、百両でも二百両でも買わせていただきますが」

男の顔の笑みが消えた。老武士を見すえた細い目が切っ先のようにひかっている。

「わしの命を買ってどうする」

「いまは、何のご用もございませんが、そのうち、お武家さまの腕を生かしてもらうことがあるかもしれません」

「うむ……」

老武士の顔に戸惑うような表情が浮いた。

「とりあえず、てまえとご一緒願えませんかね。料理屋ですから、一献さし上げながらお話ししたいのですが。なに、お武家さまの気がむかなければ、そのままお引き取りいただいて結構でございます」

男は、また笑みを浮かべて揉み手をした。

「よかろう」

老武士は腹がすいていたので、ともかく何か口に入れたいと思ったのである。

4

よく晴れた清々《すがすが》しい朝だった。昨夜からの雨が上がり、朝日のまばゆいひかりが辺りに満ちている。

刀十郎は戸口に並べてある盆栽に目をやっていた。盆栽に水をやるのが、刀十郎の朝の日課だったが、昨夜の雨で水はやらなくてもいいようだ。

刀十郎の道楽は盆栽であった。盆栽といっても、古色蒼然《こしょくそうぜん》とした老樹や華麗な花をつける花樹などではない。ほとんどが苗木だった。植えてあるのも、木箱や素焼きの鉢などである。

刀十郎は鋏《はさみ》を使って枝を切ったり、添え木や針金を使って樹形をととのえるようなことはしなかった。自然のままに育てている。

若い刀十郎が盆栽に興味を持ったのは、それなりの理由があった。

故郷《くに》から江戸に発《た》つおり、実家の庭の隅で紅葉している山紅葉《やまもみじ》の古木を目にした。

幼いときから、目にして育った山紅葉である。

そのとき、刀十郎は見事に紅葉した山紅葉に目をやりながら、

……二度と、この紅葉を目にすることはできないかもしれぬ。

と、思った。

刀十郎が感慨に耽《ふけ》りながら山紅葉の根元に目をむけると、五寸ほどの幼木が生えていた。その幼木が親木と同じ色に紅葉している。

……この木を江戸に持っていこう。

と、刀十郎は思った。幼木を持っていって、鉢にでも植えておけば、いつでも故郷の山紅葉を見ることができるのである。

刀十郎は幼木を掘り、根に泥をつけたまま布にくるんで懐に入れた。そして、江戸に着いてから素焼きの鉢に植えて、ときおり水をやって世話をしたのである。

その後、刀十郎は近所の雑木林や寺社の境内《けいだい》に植えられた樹木の下などで、自然に芽吹いた幼木を目にすると、掘って持ち帰り、木箱や素焼きの鉢などに植えて世話するようになった。

いまは、長屋の戸口のまわりに、山紅葉、松、欅《けやき》、梅、木瓜《ぼけ》、銀杏《いちょう》などの幼木が、所狭しと並んでいる。

「妙な道楽ね」

そう言って、小雪は笑ったが、嫌がるようなことはなかった。もっとも、賭《か》け事や色事とちがって、金もかからないし、浮気の心配もない。小雪にとっては、これ以上安心のできる夫の道楽はなかったのである。

刀十郎がかがみ込んで盆栽を眺めていると、背後で慌ただしい足音が聞こえ、大変だ！　という男の叫び声が聞こえた。

立ち上がって振り返ると、ふたりの男が走ってくる。長屋に住む鮑《あわび》のにゃご松《まつ》と剣呑《けんの》みの仙太《せんた》である。

鮑のにゃご松とは妙な名だが、本名ではない。本名は松蔵《まつぞう》である。にゃご松は猫《ね》の目かずら（面）をかぶり、法衣に手甲脚半《てっこうきゃはん》を身にまとい、雲水のような格好をして鉄鉢の代わりに鮑の殻を持って、家の戸口に立つ。そして、回向院《えこういん》をもじって猫向院《こういん》から来ましたと言い、にゃんまみだぶつ、にゃんまみだぶつ、と唱えて托鉢《たくはつ》して歩くのである。江戸には変わり者がいて、洒落《しゃれ》がおもしろい、と言って銭をくれるのだ。噴飯ものの芝居で銭を貰う、物貰い芸人である。

剣呑みの仙太は、大道芸人だった。賑やかな広小路や寺社の門前などで客を集め、大口をあけて剣を飲み込んでみせる芸である。むろん、タネがある。刃引きを使ったり、奥歯に切っ先を当てて押し込むと、柄のなかに刀身がひっ込むように細工してある剣を使ったりするのだ。

首売り長屋には、大道芸、見世物小屋に出る軽業師や、芸人、居合抜きなどの物売り芸、にゃご松のような物貰い芝居などで暮らしを立てている者たちが住んでいた。刀十郎もそのひとりである。

　どうしてそうなったかというと、首売り長屋は、家主の堂本が支配している大道芸人や見世物小屋に出る軽業師や芸人などを住まわせるための長屋だったのだ。当初、見世物小屋に出る軽業師や芸人を寝泊まりさせるための小屋だったが、次第に住む者が増え、長屋のようになってしまったのである。

「どうしたのだ」

　刀十郎が訊いた。

「剛力《ごうりき》の喜八《きはち》が、殺されていやす」

　にゃご松が、目を丸く瞠《みひら》いて言った。顔がひき攣《つ》っていたが、ひどく滑稽に見えた。日頃、頰のあたりから上だけの猫の目かずらをかぶっているので、目のあたりだけが日に焼けずに肌が白くなっている。その顔で目を剝いたから、目玉が浮き上がったように見えたのだ。

　剛力の喜八は、娘のお春《はる》とふたりで力技の曲芸を舞台で観せている芸人だった。八つになる娘のお春が、喜八の手にした竹竿《たけざお》や梯子《はしご》の上で逆立ちをしたり、両手をひろげて爪先立《つまさきだ》ちをしたり、片足の爪先をひっ掛けてぶら下がったりする。そのさい、剛力の喜八は、均衡をとりながらお春の乗った竹竿や梯子などを片手で持ったり、ときには腰の上において両手を放してみせたりするのだ。

その喜八が殺されたという。

「だれに殺されたのだ」

刀十郎が声を上げた。

「分からねえ」

「場所は？」

「く、黒船町の、大川端でさァ」

仙太が声をつまらせて言った。

三人のやり取りを耳にしたらしく、流し場で洗い物をしていた小雪が戸口に出てきた。顔がこわばっている。喜八が殺されたという声を聞いたのかもしれない。

さらに、長屋の住人たちが、ひとり、ふたりと集まってきて、刀十郎たち三人をとりかこんだ。いずれも、大道や見世物小屋に出ている芸人やその家族たちである。

「首売りの旦那、お春ちゃんがいなくなっちまったもんで、喜八が見つけに行ったんでさァ」

そう言ったのは、軽業師の飛助《とびすけ》だった。

飛助の家は喜八の隣なので、様子を知っているようだ。

「どういうことだ」

刀十郎が飛助に訊いた。

集まった者たちの目が、いっせいに飛助に集まった。

「昨日、お春ちゃんが帰《けえ》ってこなかったんでさァ」

飛助が早口にしゃべった。

昨日、喜八は両国広小路の見世物小屋にお春とともに出演し、竹竿を使った芸を観せたという。

喜八たちの出番が終わった後、喜八は仲間の芸人と茶を飲んでおしゃべりをしていたが、お春は、わたし、先に帰る、と言って、見世物小屋を出たそうだ。

お春は、これまでもひとりで長屋に帰ることがあったので、喜八はまったく心配しなかったという。ところが、喜八が長屋にもどってみると、お春は帰っていなかった。

「それでも、まだ、明るかったんで、喜八は、お春がそこらで道草を食ってるんだろうと思い、おくめさんが淹《い》れてくれた茶を飲んでくつろいでいたそうでさァ」

おくめというのは、喜八の女房である。

「それでどうした?」

刀十郎は話の先をうながした。集まった長屋の住人たちは、心配そうな顔で飛助に目をむけている。

「ところが、暮れ六ツ(午後六時)を過ぎても、お春は帰《けえ》ってこねえ。喜八は心配になったらしく、あっしのところへ顔を出して事情を話した。それで、手分けしてお春を探すことにしたんでさァ」

飛助によると、喜八とおくめ、それに飛助と女房のお松《まつ》の四人で長屋を出て、お春の帰りの道筋を歩いて探したという。

「五ツ(午後八時)過ぎまで探しやしたが、お春は見つからなかった。すっかり暗くなっちまったんで、探しようにも探せねえ。それで、明日、明るくなったら大家に話し、長屋の者の手も借りて探してみようということになったんでさァ。……ところが、喜八はもう一度探してみるといって、ひとり出かけていきやした。……昨夜《ゆうべ》、そのまま喜八は帰ってこなかった。……それが、今朝になって、こんなことに」

飛助が、苦渋と悲痛に顔をしかめて言った。

「ともかく、黒船町に行ってみよう」

刀十郎は歩きだしたが、すぐに足をとめ、飛助に、

「おくめはどうしてる」

と、訊いた。この場におくめの姿がなかったからである。

「喜八が殺されたと聞いて、気が触れたみてえになっちまって……。あっしの嬶《かかあ》がついてまさァ」

飛助が言った。

刀十郎は、小雪とそばにいた何人かの女房たちに、

「おくめのそばにいてやってくれ」

と言い置き、その場を離れた。

刀十郎は武士だし、大家である宗五郎の稼業を継いだこともあって、長屋の住人たちは宗五郎と同じく頼りにしていた。それで、長屋で揉め事があったりすると、刀十郎に相談に来ることが多かったのだ。

刀十郎は、まず大家の宗五郎に事情を話し、宗五郎をはじめとする長屋の男たち

数人と黒船町にむかった。

5

「あそこでさァ」

にゃご松が、前方を指差した。

川岸の叢《くさむら》のなかに人垣ができていた。そこは、諏訪町にちかい黒船町の大川端である。集まっているのは、通りすがりの者や近くの住人たちらしかった。岡っ引きらしい男の姿も見えた。

「旦那、八丁堀の旦那もいやすぜ」

歩きながら、飛助が言った。

人垣のなかに八丁堀同心の姿が見えた。顔が見えないので、だれだか分からないが、黄八丈《きはちじょう》の小袖を着流し、羽織の裾《すそ》を帯に挟む巻き羽織と呼ばれる独特の格好をしているので、遠目にも八丁堀同心と知れるのである。

近付くと同心の横顔が見えた。北町奉行所の定廻り《じょうまわ》同心、菅谷《すがや》隆之助《りゅうのすけ》である。刀十郎は菅谷を知っていた。知っていたといっても、顔を見知っていただけである。以前、長屋の住人が殺された事件で菅谷と顔を合わせていたのだ。

菅谷は面長で細い目、黒ずんだ薄い唇をしていた。酷薄そうな感じのする男である。菅谷は検屍《けんし》をしているらしい。

刀十郎たちは人垣の後ろについた。野次馬たちが邪魔になって、叢に横たわっているらしい喜八の姿は見えなかった。

「前をあけてくれ。死骸《ほとけ》の身内の者だ」

宗五郎が声を上げた。

その声で、野次馬たちが振り返り、慌てて左右に身を引いた。宗五郎の偉丈夫と鍾馗のようないかつい面構えを見て、恐れをなしたようだ。それに、宗五郎といっしょにいた刀十郎が武家の格好をしていたからである。

刀十郎は、宗五郎につづいて人垣の前に出た。すると、菅谷の足元に横たわっている男の姿が見えた。喜八だった。仰向けに倒れている。

……刀傷だ！

と、刀十郎はみた。

喜八は、肩口から袈裟《けさ》に斬り下げられていた。深い傷だった。おそらく鎖骨も截《せつ》断《だん》されているだろう。斬ったのは剛剣の主にちがいない。下手人は武士とみていいだろう。

「なんだい、首売り屋じゃァねえか」

菅谷が刀十郎に目をむけて言った。その口元に嘲笑《ちようしよう》が浮いていた。そばにいた岡っ引きも揶揄するような目をして、刀十郎たちを見た。

この時代、武士はむろんのこと町人からも、芸人は低く見られていた。なかでも、鳥追《とりおい》、猿廻《さるまわ》し、角兵衛《かくべえ》獅子《じし》などの門付《かどづけ》、噴飯ものの芸で銭をもらう物貰い芸人などは、とくに蔑視《べつし》されていたのである。

「この死骸《ほとけ》は、おめえたちの仲間かい」

菅谷が訊いた。

「そうだ。昨夜、何者かに斬り殺されたようだ」

そう言って、宗五郎はゆっくり死体に近付いた。

「おい、何をする気だい」

菅谷が身を引きながら言った。顔に困惑するような色が浮いた。

「下手人は知れたのか」

宗五郎が訊いた。

「まァ、酒でも飲んで喧嘩《けんか》したか、辻斬《つじぎ》りにでも斬られたか。いずれにしろ、すぐには分からんな」

菅谷が投げやりな口調で言った。

「うむ……」

宗五郎が渋い顔をした。

刀十郎の目にも、喜八が腕の立つ武士に斬られたことは分かった。仲間うちの喧嘩でないことは明らかだし、辻斬りが喜八のような町人を斬るとは思えなかった。金を持っていそうには見えないからである。菅谷は殺されたのが卑しい芸人と知って、探索する気が失《う》せたようだ。

「死骸《ほとけ》を引き取らせてもらいたいのだがな」

宗五郎が言った。菅谷と話しても仕方がないと思ったのである。

「かまわねえよ。かわいそうだから、引き取って懇《ねんご》ろに葬ってやるといいぜ」

そう言うと、菅谷は薄笑いを浮かべながらその場から離れた。

宗五郎はそばにいたにゃご松や飛助たちに、長屋にもどり、戸板と筵《むしろ》を持ってくるよう指示した。喜八を戸板に乗せて長屋まで運ぶのである。

その日の昼過ぎ、宗五郎の部屋に六人の男が集まった。刀十郎、宗五郎、にゃご松、飛助、それに、短剣投げの彦次《ひこじ》と歯力《はりき》の権十《ごんじゅう》がいた。

短剣投げの彦次は、堂本が座頭《ざがしら》をしている両国広小路にある見世物小屋に出ていた。喜八が出ていたのと、同じ小屋である。彦次は短剣投げの名手で、五間ほど先に置いた柿の実に当てることができた。

彦次の短剣投げはいざというときの戦力になり、これまでも刀十郎たちとともに長屋のために力をふるってきたのである。

歯力の権十は、強靭《きょうじん》な歯力の持ち主だった。歯力とは、重い物をくわえて持ち上げる芸だが、並の物を持ち上げたのでは見世物にならない。観客がアッと驚くような超人的な力を見せなければ駄目である。

権十は大盥《おおだらい》のなかに子供を入れ、盥の端をくわえて持ち上げることができた。歯の力も強靭だが、権十は怪力の主でもあったのだ。それに、権十はただの怪力の主ではなかった。六尺を超える巨漢の上に柔術の達人であった。

権十は、刀十郎や宗五郎と同じように出自は武士だった。親は旗本に奉公する若党で、権十が子供のころ、近所にあった田宮《たみや》流柔術の道場に通わせてくれたそうだ。権十も長屋に何かあると、刀十郎と宗五郎とともに力を貸してくれたのである。

「お春は、人攫いに連れ去られたのではあるまいか」

宗五郎が、男たちに視線をまわして切り出した。

「わたしも、そうみました」

刀十郎が言った。

お春は見世物小屋からの帰りに、ひとりで大川端を歩いていて人攫いに連れ去られたのではあるまいか。お春の歳は八つ。色白で、人形のような可愛《かわい》い娘だった。見世物の舞台に立っていても、お春にたいする声援がすくなくないと聞いていた。

「お春は人攫いに遭《あ》ったのかもしれん。……ところで、喜八は何者に殺されたのだ」

宗五郎が言った。

「分からない……」

刀十郎がつぶやいた。

権十たちも首をひねっている。下手人について、思い当たることはないようだ。

「ともかく、何とかせねばな」

宗五郎が言うと、

「お春は殺されたわけではない。何者かに攫われたとみていい。ここ一月ほどの間に、三人の娘が人攫いに連れていかれたと聞いている。お春も、同じ人攫い一味に連れ去られたのではあるまいか」

と、刀十郎が言い添えた。

「おれも、そうみるな」

権十が、胴間声で言った。

「講釈長屋《こうしやくながや》の連中にも話して、手を貸してもらっちゃァどうです」

にゃご松が言った。

堂本が所有する長屋は、首売り長屋だけではなかった。もうひとつ、大川を渡った先の本所相生町《ほんじよあいおいちよう》に講釈長屋があった。倉西彦斎《くらにしひこさい》という講釈師が大家をしていたことから、講釈長屋と呼ばれていた。住人は、首売り長屋と同じように堂本の息のかかった芸人や軽業師などである。

両長屋の住人たちをひとまとめにして、堂本座と呼ぶこともあった。

「よし、ともかくお春を探し出そうではないか」

宗五郎が、重いひびきのある声で言った。

翌日から、首売り長屋と講釈長屋の住人たちが、お春の行方と、喜八を殺した下手人の探索に動き始めた。

首売り長屋と講釈長屋の大道芸人や物貰い芸人、門付などが、江戸市中の盛り場や寺社の門前、果ては長屋の隅々までまわって、それとなく聞き込んだのである。

これが、堂本座の底力だった。その情報収集力は、町方など到底及ばない。しかも、芸人たちはすべて無償である。もっとも、自分の稼ぎのついでに聞き込むのだから、自分たちの暮らしにかかわることはないのだ。

6

浅草黒船町。大川端に小体《こてい》な八百屋があった。店先に青物、牛蒡《ごぼう》、大根、笊《ざる》に入った豆類などが並んでいる。奥には漬物樽《だる》がいくつか並び、その脇で、店の親爺《おやじ》が近所の女房を相手に話していた。女房は青菜を手にしている。夕餉の菜にでもするつもりで買いに来て、話し込んでいるらしい。

にゃご松は猫の目かずらをかぶり、法衣に手甲脚半姿で店先に近付いた。手には、鮑の殻を持っている。

にゃご松は八百屋の店先に立つと、にゃんまみだぶつ、にゃんまみだぶつ、と声高に唱え始めた。

その声を耳にしたらしく、店の奥にいた親爺と女房が驚いたような顔をして出てきた。

「な、なんだい、この人」

女房が目を剝いて、にゃご松を見つめた。面長の四十がらみの女で、肩先に継ぎ当てがあった。長屋の女房らしい。

「にゃんまみだぶつ、にゃんまみだぶつ……。当店に、猫仏《ねこぼとけ》さまのご利益がありますように……。にゃんまみだぶつ」

にゃご松は、さらに声をはり上げた。

「おめえ、気が触れているのか」

親爺が、当惑したような顔をした。げじげじ眉の浅黒い顔をした男である。

「気など触れてはおらぬ。愚僧は、猫向院から来たにゃご入道でござる。……にゃんまみだ」

「にゃご入道な」

親爺が、ニヤリとした。にゃご松の馬鹿げた洒落が、分かったらしい。

女房も、おかしい、と言って、笑いだした。

「猫仏さま、おふたりにご利益がありますように……。ついでに、にゃご入道に、お布施を賜《たまわ》りますように……。にゃんまみだ」

「ハッハハ……。猫仏さまのご利益ってのがいいや」

親爺の笑い声が大きくなった。

「お布施を……にゃんまみだ」

にゃご松が親爺に身を寄せ、お布施、お布施、と小声で言った。

「おお、そうか、そうか」

親爺は、握っていた銭のなかから数枚つまんで、鮑の殻のなかに入れた。女房から受け取った青菜の代金の一部のようだ。十文ほどである。

……しけてやがる。

とにゃご松は思ったが、口元に笑みを浮かべたまま、

「器量よしの女房どのも、お布施を」

と言って、女房の方に鮑の殻を差し出した。

「あら、やだ、器量よしだなんて。こんな婆さんにさ……」

そう言ったが、女房はニヤニヤしながら袂《たもと》に手を入れ、銭をつまみ出して鮑の殻のなかに落とした。

にゃご松は、

「おありがとうござい。にゃんまみだ」

と一声を張り上げ、

「ところで、おふたりは聞いておりやすか」

と、急に声をあらためて言った。

「な、なんの話だ。急に、真顔になりゃァがって」

また、親爺が驚いたような顔をした。

「この辺りで、人が斬り殺されたらしいんだ。ふたりは聞いてないか」

にゃご松が、声をひそめて言った。

「そうなのよ。いまね、その話をしてたんだよ」

女房が身を乗り出すようにして言った。

どうやら、女房が親爺と話し込んでいたのは、そのことらしい。都合がいい、とにゃご松は思った。

「斬り殺されたらしいが、下手人はつかまらないのかい」

にゃご松が訊いた。

「つかまるどころか。八丁堀は、調べもしねえや」

親爺が、渋い顔をした。

「ご用聞きが、探ってるんじゃァねえのかい」

「とんでもねえ。この辺りで、顔を利かせてるのは、重吉《じゅうきち》ってえ親分だが、まったく動かねえ。殺されたのが、見世物小屋に出てる芸人なんで、うっちゃってるのよ」

そう言って、親爺はチラッとにゃご松に目をやった。殺された男と、同類と思ったのかもしれない。

「斬ったのは、侍らしいと聞いてるぞ」

かまわず、にゃご松が訊いた。

「そ、そうなんだ。実はな、おれは見たのよ」

親爺が、急に身を乗り出してきた。

「斬られたところを見たのか」

にゃご松が、驚いたように聞き返した。

「い、いや、斬られところを見たわけじゃァねえ。その後だな」

「どういうことだい」

「あの夜、駒形町《こまがたちょう》で一杯やってな。この道を帰《けえ》ってきたのよ。暗かったが、月夜でな、提灯《ちょうちん》はなくとも歩けたのよ」

駒形町は、大川の上流にある町だった。表通りは、料理屋や飲み屋などの多い繁華街になっている。

「それで、どうした」

にゃご松が先をうながした。

「後ろで、ギャッ、という声がしたのよ。振り返ると、男がよろめきながら倒れるところだった。そばに、刀をひっ提げた男が立っていてな、月明りに、長《なげ》えだんびらがひかったのよ。それで、斬ったのは侍にちげえねえと思ったわけだ」

親爺が顎を突き出すようにしてしゃべった。

「下手人はひとりかい」

「ふたりいたな」

親爺によると、月明りのなかにぼんやりと黒い人影がふたつ見えたという。ひとりは、刀を手にした袴姿の男で、もうひとりは尻《しり》っ端《ぱし》折《よ》りした町人体の男だったという。

「おれは、怖くなっちまってよ。慌てて家のなかに入《へえ》って、心張り棒をかったのよ。後はどうなったかわからねえ」

親爺が、怖気《おぞけ》をふるうように身震いした。

それから、にゃご松は、親爺が見かけたふたりのことをいろいろ訊いたが、武士が大柄だったというだけで、新たなことは分からなかった。

「おふたりに、ご利益がありますように……。にゃんまみだ……」

にゃご松は、そう唱えながら店先から離れた。

7

晴天だった。大川端に、川面を渡ってきた心地好い風が吹いていた。

刀十郎は、柳橋近くの大川端を歩いていた。五ツ半（午前九時）ごろである。陽《ひ》射《ざ》しは強かったが川風に涼気があり、暑さは感じなかった。

刀十郎は、お春が見世物小屋から首売り長屋まで帰る道筋を歩いてみようと思った。長屋の者たちが、お春の行方や喜八を斬り殺した下手人を探っているのに、自分だけ両国広小路に首売りの商売に出る気にはなれなかったのだ。

喜八の死体が発見されてから三日経っていた。首売り長屋の者たちの手で喜八の葬式を出し、亡骸《なきがら》は回向院の隅に葬ってやった。後に残されたおくめは半狂乱のようになっていたが、長屋の女房たちが交替でそばについていたので、いくぶん落ち着いたようである。そうした始末が一段落してから、刀十郎は聞き込みにまわり始めたのだ。

……だれかに、訊いてみるか。

刀十郎は通りの先に目をやった。

半町ほど先に、下駄屋があった。店先に綺麗な鼻緒をつけた下駄が並び、あるじらしい男が店先で娘と話していた。

刀十郎は店の者に訊いてみようと思った。店先にいた娘は、あるじらしい男に何か声をかけて店から離れた。赤い鼻緒の下駄を手にしている。買ったらしい。

刀十郎は店先にいたあるじらしい男に近付き、

「つかぬことを訊くが」

と、声をかけた。

「何です？」

男は怪訝《けげん》な顔をした。

「この辺りで、わたしの知り合いの娘がいなくなったのだが、何か聞いておらぬかな」

刀十郎は、お春の名は出さなかった。名までは知らないだろうと思ったからだ。

「さァ」

男は首をひねった。

「まだ、八つでな。町人の娘だ」

「そういえば、清造《せいぞう》さんが、娘さんが駕籠《かご》に無理やり乗せられるのを見たと言ってましたよ」

「清造というのは？」

「この先に、船甚《ふなじん》という船宿がありましてね。清造さんは、船甚の船頭ですよ。いまも、店にいるんじゃァないかな」

男が通りの先を指差した。

「手間をとらせたな」

そう言い置いて、刀十郎は店先から離れた。清造に訊いてみようと思ったのだ。

大川沿いの通りを一町ほど行くと、船宿があった。店先の掛け行灯《あんどん》に、船甚と記してあった。店内は静かだったが暖簾《のれん》は出ているので、店はひらいているようだ。

刀十郎は暖簾をくぐった。土間の先が狭い座敷になっていて、その先が帳場らしかった。帳場の長火鉢の脇に年増《としま》がいた。鉄瓶を手にして茶を淹れている。店に入ってきた刀十郎に気付かないようだ。

「女将《おかみ》か」

刀十郎が声をかけた。

「あら、いらっしゃい」

年増が、慌てた様子で手にした鉄瓶を長火鉢にかけ、上がり框の方へ出てきた。

色白のほっそりした女である。着物の裾から赤い蹴出《けだ》しが覗《のぞ》いて、なかなか色っぽい。

「女将のお勝《かつ》です」

年増が、上がり框に膝《ひざ》を折って言った。

「手間を取らせてすまぬ。ちと、訊きたいことがあってな」

刀十郎が照れたような顔をして言った。

「何でしょうか」

お勝の顔から愛想笑いは消えたが、つっけんどんな態度ではなかった。刀十郎が武士だったからであろう。

「たいしたことではないのだが、清造という船頭に訊きたいことがあってな。この店の船頭だと聞いたが」

「清造なら、桟橋にいるはずですよ。……店の脇の石段を下りたところです」

「手間をとらせたな」

刀十郎は、お勝に礼を言って店を出た。

店の脇に石段があった。桟橋につづいている。ちいさな桟橋で、三艘《さんそう》の猪牙舟《ちょきぶね》が舫《もや》ってあるだけだった。おそらく、船甚の専用の桟橋であろう。

一艘の猪牙舟に船頭の姿があった。黒の印半纏《しるしばんてん》に股引《ももひき》姿である。船頭は、船底に茣蓙《ござ》を敷いていた。客を乗せる準備をしているらしい。

刀十郎は桟橋に下りると、船頭の乗る舟に近付き、

「清造さんか」

と、声をかけた。

船底から首をもたげた男は、

「へい、あっしに何か用ですかい」

と、顔に警戒するような表情を浮かべて訊いた。三十がらみ、目の細い丸顔の男だった。陽に灼《や》けた赤銅色の肌をしている。

「近所で聞いてきたのだがな。七、八歳の女児《おんなのこ》が、駕籠に乗せられるのを見たそう

だな」

「見やしたが、旦那は八丁堀で？」

清造が訊いた。刀十郎のことを町奉行所の同心と思ったのかもしれない。

「いや、八丁堀ではない。おれは、攫われた女児の知り合いなのだ」

刀十郎が言った。

「そうですかい」

清造は立ち上がって、船梁《ふなばり》に腰を下ろした。

「見たのか」

「へい、見やした。……四日前の夕暮れ時、あっしがこの桟橋から店にもどろうとしたとき、川下の方で女の子の悲鳴が聞こえたんでさァ」

清造によると、遊び人ふうの男がふたり、七、八歳と思われる女児を押さえて駕籠に乗せるところだったという。

「駕籠かきは別にいたのか」

刀十郎は、駕籠に乗せられたのはお春だと確信した。

「へい、辻駕籠のようでしたぜ」

「すると、遊び人ふうの男がふたりと駕籠かきだな」

刀十郎が訊いた。

「もうひとりいやした」

「町人か」

「いえ、二本差しでしたぜ」

武士は、小袖に袴姿で二刀を帯びていたという。ふたりの町人といっしょに駕籠の脇につき、柳橋の方へむかったそうだ。

「そのなかに、見覚えのある者はいなかったか」

お春を連れ去った者がひとりでも分かれば、一味がたぐれるのではないか、と刀十郎は思ったのだ。

「みんな、知らねえ顔だったな」

清造がはっきりと言った。

「そうか。……ところで、町方にも話したのか」

「話さねえ。訊きに来れば話しやすが、だれも訊きに来ねえ。何も、あっしから親分を訪ねていって話すこたァねえや」

清造が顎を突き出すようにして言った。

「そうだな」

町方はお春が攫われた件でも、本腰を入れて探索する気はないようだ。

「遊び人ふうの男といっしょにいた武士を見かけたら、広小路の堂本座に話してくれ。攫われた児は、堂本座に出ていたのだ」

そう言い置いて、刀十郎は舟のそばから離れた。

第二章　依頼人

1

「お嬢さま、急ぎましょう」

おしまは、お菊《きく》の手を引きながら足を速めた。

黒雲がひろがり、空模様が怪しくなってきたからだ。おしまとお菊は深川材木町の油堀沿いの道を歩いていた。

おしまは堀川町にある材木問屋、岸田屋《きしだや》の女中だった。お菊は、十歳になる岸田屋の娘である。

おしまはお菊を連れて、富ケ岡八幡宮の参詣《さんけい》に来たのだ。当初は、岸田屋の御内《おか》儀《み》のおせんがお菊を連れ、おしまは供として来ることになっていた。ところが、おせんは昨日から風邪で寝込んでしまい、

「おしま、すまないが、お菊を八幡さまに連れていっておくれ。お菊が楽しみにしているのでね。……これで、お菊の気に入った簪《かんざし》を買ってやっておくれ」

そう言って、おせんは、おしまに三分手渡した。

お菊が楽しみにしていたのは、参詣ではなかった。帰りに、小間物屋に寄って、簪を買ってもらうことにあったのだ。簪といっても、まだ子供の挿すものなので、たいした金額ではないはずだ。

おしまはお菊を連れ、富ケ岡八幡宮の参詣を終えると、門前通りにある小間物屋で簪を買った。二分だった。残った一分は、おせんに返すつもりである。

小間物屋を出たあたりから、空模様が怪しくなり、町筋が暗くなったように感じられた。

七ツ（午後四時）ごろである。まだ、陽は高いはずだが、油堀沿いの道は夕暮れ時のように薄暗かった。

人影もすくなく、ときおり、ぼてふりや風呂敷包みを背負った行商人らしき男が足早に通り過ぎていくだけだった。

油堀にかかる富岡橋のたもとを過ぎると、前方に岸田屋の店舗が見えてきた。土蔵造りの二階建てである。脇に土蔵と材木をしまう倉庫もあった。付近に二階建ての大店がなかったので、遠くからも目につくのだ。

「もうすぐですよ」

おしまは雨が降ってくる前に、店に着きたかったのだ。

そのとき、前方から駕籠が来るのが見えた。駕籠の先棒《さきぼう》の前に、遊び人ふうの男がふたり、小走りにやってくる。駕籠の後ろにもひとりいた。武士らしく、袴姿で二刀を帯びている。

……おかしな駕籠。

そう思ったとき、おしまの胸に不安がよぎった。駕籠のまわりに三人もいるのは不自然だったし、三人とも手ぬぐいで頰《ほ》っかむりして顔を隠していたからだ。

駕籠はしだいに近付いてきた。駕籠の一行は、おしまたちに迫ってくる。

おしまは、お菊の手をとって路傍に身を寄せた。駕籠をやり過ごそうとしたのである。

駕籠の前にいたふたりの町人が、おしまたちの前まで来ると、いきなり向きを変えて近寄ってきた。ふたりの男だけではなかった。武士も、小走りに迫ってくる。

町人のうちのひとりが、いきなりお菊の手をつかみ、もうひとりが後ろへまわり込んだ。

お菊が、ひき攣ったような悲鳴を上げた。

「な、何をするんです！」

おしまが、甲走った声を上げた。

そのとき、スッ、と武士がおしまの前に踏み込んできた。俊敏な動きである。

武士の肩先が、おしまの顔の前に迫ったとき、おしまは腹に強い衝撃を受け、意識を失って腰からくずれるように倒れた。

当て身だった。武士が、身を寄せざまおしまに当て身をみまったのだ。なかなかの手練《てだれ》である。

その間に、後ろにまわった町人が、お菊にすばやく猿轡《さるぐつわ》をかませた。

「駕籠に押し込めろ」

町人のひとりが言った。大柄な男である。

猿轡をかませた男が後ろからお菊の腕と肩先をつかむと、強引に駕籠のなかへ押し込んだ。

「いくぜ！」

大柄な男が声を上げた。

お菊を乗せた駕籠は、油堀沿いの道を富ケ岡八幡宮の表通りの方へむかっていく。

おしまは顔を雨で打たれ、意識をとりもどした。一瞬、自分がどうして雨に濡れ、路傍に倒れているのか分からなかったが、すぐに駕籠を連れた三人組に襲われたことが脳裏をよぎった。

おしまは跳ね起きた。お菊の姿がない。油堀沿いの道は薄暗く、人影はなかった。雨が激しく降っている。

「お、お嬢さま！」

おしまは、声を震わせて叫んだ。

ひどい姿だった。雨に濡れて髷がくずれ、髪が頬や額に張り付いていた。着物はぐっしょり濡れている。おしまは素足になり、よろけながら走った。足に強い痛みがあった。とがった石を踏んで切ったらしい。爪先が、血に染まっている。それでも、おしまは走るのをやめなかった。

……とんだことになった！

その思いだけで、おしまの頭のなかはいっぱいだった。

岸田屋の店先には、暖簾が出ていた。雨のせいで、戸口に人影はなかったが、店内にはだれかいるはずである。

「お嬢さまが、お嬢さまが！」

声を震わせて叫びながら、おしまは店のなかに転げ込んだ。


岸田屋の戸口に、十人ほどの男が集まった。いずれも顔をこわばらせて、目をつり上げている。

「お菊を、探してくれ」

岸田屋のあるじ、惣右衛門《そうえもん》が男たちに震えを帯びた声で言った。

惣右衛門は五十がらみ、頤《おとがい》が張り、馬のように長い顔をしていた。その顔が不安そうにゆがんでいる。

おしまから事情を聞いた惣右衛門は、すぐに店の奉公人や船頭などを呼び集め、お菊を探しに行くよう指示したのである。

「ともかく、油堀沿いの道を歩きながら探してくれ」

惣右衛門があらためて言った。

「へい」

奉公人や船頭たちは、笠《かさ》をかぶったり蓑《みの》を身にまとったりして、雨の中に飛び出していった。

暮れ六ツ（午後六時）を過ぎ、辺りが濃い夕闇につつまれ始めたころ、お菊を探しに行った者たちが、ひとりふたりと店に帰ってきた。いずれも肩を落とし、悲痛な顔をして戸口から入ってきた。

夜になっても、お菊の行方は分からなかった。

ひとりの奉公人が、路傍に落ちていた簪を拾ってきただけである。参詣の帰りに、お菊が小間物屋で買った簪だった。

2

深川今川町に船繁《ふなしげ》という船宿があった。船宿としては大きな店で、吉原への送迎はむろんのこと、二階には宴席用の座敷が二間もあった。その二階の奥の座敷に、五人の男が集まっていた。

　刀十郎、宗五郎、堂本、それに岸田屋のあるじの惣右衛門と番頭の房蔵《ふさぞう》である。ふたりの顔には苦悶《くもん》の表情があった。

　酒肴《しゅこう》の膳《ぜん》がとどき、五人が互いにつぎあって杯をかたむけた後、

「岸田屋さん、話というのはなんですか」

　堂本が切り出した。

　昨日、岸田屋から、折り入って話があるので船繁までお越しいただきたい、との言伝《ことづて》が堂本の許にあったのだ。

　堂本は岸田屋と親しかった。それというのも、堂本は小屋掛けのおりに丸太や板などを大量に調達する必要があり、材木問屋や鳶《とび》などとかかわりがあった。なかでも、岸田屋は何かと便宜《べんぎ》をはかってくれ、必要な物を安く手配してくれたのだ。

　堂本には越前屋《えちぜんや》という昵懇《じっこん》の材木問屋があった。越前屋の場合は金主になってもらうことが多く、持ちつ持たれつの間柄だったが、大きな興行を打つ場合は越前屋だけでは足りないことがあり、岸田屋も堂本にとっては大切な相手であった。それ

で、何はさておいても、船繁に駆けつけたのだ。

堂本は老齢だった。鬢や髷は真っ白で、腰もすこしまがっていた。若いころは、軽業の名人として人気を博した男だが、いまはその面影はなかった。ただ、老いてはいても眼光はするどく、多くの芸人を束ねる座頭らしい凄《すご》みと落ち着きがあった。

「じ、実は、てまえの娘のお菊が、攫われまして……」

惣右衛門が声を震わせて言った。

「それは、また……」

堂本は驚いたような顔をした。

「事情は、てまえからお話しいたします」

番頭の房蔵が小声で言った。

房蔵は五十がらみ、丸顔で糸のように細い目をした男だった。房蔵は声をつまらせながら、お菊が女中のおしまと富ケ岡八幡宮に参詣に行き、その帰りに駕籠かきも入れて五人の男に襲われ、お菊が攫われた経緯《いきさつ》を話した。

「娘さんは、駕籠で連れ去られたのか」

刀十郎が訊いた。人攫いに連れ去られたお春のことと重ねたのである。

「はい、侍もいたそうです」

房蔵が、おしまから聞いた話として、遊び人ふうの男がふたり、武士がひとり、それに駕籠かきがふたりだったことを言い添えた。

「同じだな」

刀十郎がつぶやいた。お春を攫った一味と同じらしい。

「それで、わしらに話というのは？」

堂本が訊いた。岸田屋は娘が攫われたことを話すために、自分たちを呼んだわけではないだろう、と堂本は思った。

「実は、堂本座の娘さんも攫われ、一座の方たちが総出で娘さんの行方を探していると耳にしましてね。それで、堂本さんのお力を借りたいと思い、こうしてお呼びだてしたのです」

惣右衛門が堂本を見つめながら言った。

「たしかに、おっしゃるとおりです。……一座の娘が攫われ、みんなで行方を探しております」

堂本が言うと、

「わしらは、娘を攫われた上にその父親も斬り殺されていてな。町方のいいかげんな探索を、手をこまねいて見ているわけにはいかないのだ」

宗五郎が、強いひびきのある声で言い添えた。

「てまえも、町方にまかせてはおけません。お菊は、てまえどものひとり娘ですから」

惣右衛門が震えを帯びた声で言った。

「それで、岸田屋さん、一味から身の代金の要求がありましたか」

堂本が訊いた。

「いえ、まったく……」

「そうですか。となると、身の代金をとるために攫ったのではないようだ」

堂本は黙考するように視線を膝先《ひざさき》に落とした。

次に口をひらく者がなく、座が重苦しい沈黙につつまれたとき、惣右衛門が堂本に顔をむけ、

「堂本さん、お菊をとりもどしてくだされ」

と、座敷に手をついて絞り出すような声で言った。

「岸田屋さん、頭を上げてくださいよ。……てまえどもは、攫われたお春をとりもどすために、できるかぎりのことはいたします。もろん、岸田屋さんの娘さんもいっしょですよ」

堂本が強いひびきのある声で言った。

「ありがたい。堂本さん、てまえは商人《あきんど》です。わたしなりに、できることをやらせていただきます」

惣右衛門は房蔵に目をやり、お渡ししてくれ、と小声で言った。

すると、房蔵が脇に置いてあった袱紗《ふくさ》包《づつ》みを手にし、

「三百両ございます。一座のみなさんで、使ってください」

と言って、堂本の膝先に置いた。お菊の行方を探索し、救いだすために使ってくれ、ということらしい。

「遠慮なく、いただいておきます」

堂本は袱紗包みを手にした。堂本は、お菊の探索に動いている芸人たちに金を分けてやろうと思ったのである。

それから、半刻（一時間）ほど話して、刀十郎たちは腰を上げた。

店の外は夕闇につつまれていた。刀十郎と宗五郎は、肩を並べて大川端を川上にむかって歩いた。このまま首売り長屋へ帰るつもりだった。

「義父上《ちちうえ》、気になることがあるんですがね」

歩きながら刀十郎が言った。

「なんだ」

「人攫い一味ですが、攫った子を女衒《ぜげん》のように売り飛ばすだけではないような気がするんです」

「…………」

「一味には、武士がいるようです。それも遣い手らしい」

刀十郎が、喜八を斬った下手人は剛剣の主らしいことを言い添えた。

「わしも、一味には腕の立つ武士がいるとみている」

「何者でしょうか」

「まだ、何も見えぬ。ともかく、一刻も早く一味の尻尾《しっぽ》をつかむことだ。攫われた娘たちがどうなるか分からんからな」

宗五郎が夕闇を睨むように見すえて言った。

3

「山神《やまがみ》の旦那、もう一杯どうです」

辰五郎《たつごろう》が銚子《ちょうし》を手にして言った。

辰五郎は、柳原通りで老武士に話しかけた福相の男である。

「もらおうか」

山神と呼ばれた男が、杯を差し出した。

山神泉十郎《せんじゅうろう》が、通りかかった武士に金を無心した老武士だった。ふたりがいるのは、深川黒江町にある料理屋、浜乃屋《はまのや》の離れだった。辰五郎は、山神を浜乃屋に連れてきた後、そこに住まわせたのである。

浜乃屋の女将のお滝《たき》は辰五郎の情婦《いろ》だった。浜乃屋は、辰五郎の店といってもいいのである。

山神は独り者で長屋暮らしだったので、どこで暮らしてもかまわないらしく、気ままに浜乃屋の離れで暮らしていた。暮らすといっても、手はかからなかった。食事はほとんど界隈の一膳めし屋や飲み屋で済ませたし、暇なときは寝ていることが多かった。

「そろそろ、旦那の腕を貸していただけますかね」

辰五郎が酒をつぎながら言った。

「だれか、斬れということか」

「はい」

「町方に追われるのは、ごめんだ。この年になると、のんびり暮らすことだけが望みだからな」

そう言って、山神はゆっくりと杯を干した。

「町方に追われるようなことは、ありませんよ。……それに、いない方が世のためになるような連中です」

辰五郎は口元に薄笑いを浮かべた。

「それで、相手は町人か」

「お侍もおります。腕の立つのがふたり。それに、熊造《くまぞう》の手先で荒っぽいのが三、四人いますかね」

「わしひとりで、斬れというのか」

熊造というのは、この辺りで賭場《とば》をひらいている貸し元と聞いていた。

「いえ、こちらにも、山神の旦那のほかに、亀島《かめじま》さまという腕のたつお侍がいます。それに、てまえの手下《てか》が五人」

「やくざ者の喧嘩《でいり》か」

「てまえは、八幡さま界隈で商売をする者のために、阿漕《あこぎ》な連中を始末してやりたいだけなんですよ」

そう言って、辰五郎がまた口元に薄笑いを浮かべた。

「それで、いくら出す」

「どうです、熊造が百両、侍ひとり五十両、手先はひとり十両で」

「わしは、そんなにはいらぬ。そうだな、ひとり頭一両二分でいいか」

山神が、他人事《ひとごと》のように言った。

「これはまた、欲がない」

辰五郎は歯を見せて笑った。

「ただし、この店の飲み食いはただだ」

山神が言い添えた。

「いいですとも、旦那なら一年でも二年でもお世話しますよ」

「それで、いつやるな」

「明日にでも……。手先を呼びに来させますから、ここにいてくだせえ」

辰五郎は満足そうな顔で銚子をとると、あらためて山神の杯に酒をついでやった。


翌日、暮れ六ツ（午後六時）の鐘が鳴って間もなく、離れに浅次《あさじ》という辰五郎の手先が顔をだした。

「旦那、すぐに来てくだせえ」

浅次が山神の顔を見るなり言った。いよいよ喧嘩《でいり》らしい。

「分かった」

山神は立ち上がり、座敷の隅に置いてあった刀を手にした。

離れから出た山神は、浅次の後について富ケ岡八幡宮の門前通りへ出た。

「こっちでさァ」

浅次と山神は、賑やかな門前通りを大川の方へむかい、掘割にかかる福島橋のたもとを左手にまがった。そこは、福島町である。掘割沿いの通りには、小体な店や仕舞屋《しもたや》などがつづいている。

辺りは夕闇につつまれ、ひっそりしていた。人影もなく、通り沿いの店は表戸をしめていた。掘割の汀《みぎわ》に寄せる波音だけが聞こえてくる。

しばらく歩くと、前方に人影が見えた。板塀をめぐらせた仕舞屋の脇の空き地に、数人の男が集まっている。濃い夕闇があたりをつつみ、笹藪《ささやぶ》の陰にいる男たちの姿はかすんでいた。

「親分たちですぜ」

浅次が言った。

辰五郎と手下らしい男が四人、それに武士がひとりいた。武士は小袖に袴姿で二刀を帯びている。辰五郎を除いた男たちは、手ぬぐいで頰っかむりしていた。

「山神の旦那、待ってやしたぜ」

辰五郎が言った。

その場にいた男たちは、辰五郎の右腕の稔造《としぞう》、手下の磯次郎《いそじろう》、峰吉《みねきち》、七兵衛《しちべえ》、それに武士は亀島佐之助《さのすけ》という牢人だった。亀島は総髪だった。辰五郎がひらいている賭場の用心棒をやっているという。

亀島は山神を見つめながら、

「よろしくな」

と、低い声で言った。三十がらみ、面長でのっぺりした顔をしていた。蛇《へび》を思わせるような細い目をしている。多くの人を斬ってきた者特有の、陰湿で酷薄そうな雰囲気が身辺にただよっていた。

「ここで、やるのか」

山神が訊いた。

「あと半刻（一時間）もすれば、この道を来るはずでさァ」

辰五郎によると、一町ほど先に右手に入る路地があり、その路地の先に熊造の賭場があるそうだ。熊造が五年ほど前まで情婦《いろ》をかこっていた仕舞屋で、情婦に料理屋の女将をやらせるようになってから、そこを賭場として使っているという。

「熊造は、賭場の客に挨拶《あいさつ》した後、山本町にある情婦の店に帰るはずでしてね。毎夜、ここを通るんでさァ」

辰五郎が言った。赤ら顔で目が細く、ふっくらした恵比寿のような顔が、赭黒《あかぐろ》く怒張したように見えた。細い目が底びかりしている。辰五郎も、気が昂《たかぶ》っているようである。ただ、辰五郎は喧嘩《でいり》にくわわらないらしく、ふだんの唐桟の羽織に小袖姿だった。

「入船《いりふね》の親分、あっしが様子を見てきやす」

そう言い残し、磯次郎がその場を離れた。痩身で小柄、敏捷《びんしょう》そうな男である。子分たちのなかには、辰五郎のことを入船の親分と呼ぶ者がいた。辰五郎の生れ育った地が深川入船町なので、そう呼ぶらしい。

それから、小半刻（三十分）ほど過ぎた。辺りは夜陰につつまれ、通り沿いにある店や仕舞屋は闇のなかに黒く沈んだように見えていた。頭上の月が皓々《こうこう》とかがやいている。

「念のためだ。提灯に火を点《つ》けろ」

辰五郎がふたりの子分に命じた。

ふたりの子分は、笹藪の陰に隠してあった提灯に火を点けた。同士討ちしないように、提灯で照らすつもりらしい。

そのとき、通りの先から足音が聞こえてきた。小柄な人影が月光のなかに浮かび上がった。

　男がひとり、走ってくる。磯次郎らしかった。

　辰五郎のそばに走り寄った磯次郎は、

「お、親分、来やすぜ」

　と、息を弾ませて言った。

「熊造はいるな」

　辰五郎が念を押すように訊いた。

「へい」

「いっしょにいるのは、何人だ」

「五人でさァ」

　磯次郎が早口にしゃべったところによると、用心棒らしい武士がふたり、それに手下が三人だという。

「よし、見込みどおりだ。旦那方、頼みやすぜ」

　辰五郎が、山神と亀島を振り返って言った。

　亀島と稔造たちが、すぐに闘いの支度を始めた。亀島は襷《たすき》で両袖を絞り、袴の股《もも》だちをとった。稔造たちは尻っ端折りし、細紐で両袖を絞っている。

山神は袴の股だちをとり、刀の目釘《めくぎ》を確かめただけだった。

「提灯を隠せ」

辰五郎が言った。

すぐに、提灯を手にしていた峰吉と七兵衛が、笹藪の陰にまわった。近付いてくるであろう熊造たちから提灯の灯を隠したようだ。待ち伏せを気付かせないためであろう。

4

「来たぞ！」

稔造が声を殺して言った。

見ると、通りの先に提灯の灯が見えた。灯はふたつ。その明りのなかに、ぼんやりと黒い人影が見えた。

「旦那方、まず、ふたりの二本差しを殺《や》ってくだせえ」

辰五郎が昂った声で言った。

「承知した」

亀島が低い声で言った。山神はちいさくうなずいただけである。

ふたつの提灯はしだいに近付いてきた。下卑た笑い声と足音が聞こえた。卑猥《ひわい》な話でもしているらしい。

山神や稔造たちは通り沿いの笹藪の陰に身を隠し、熊造たちが近付くのを待っている。ふたつの提灯を睨むように見すえた男たちの双眸が、笹藪の陰で青白くひかっている。獲物を待っている狼《おおかみ》のようである。

……熊造は四人目か。

山神は提灯に浮かび上がった人影から、それぞれの位置を読み取った。

手下のひとりが先頭にたって提灯を持ち、つづいて武士がふたり、その後ろに羽織に小袖姿の熊造らしき大柄で恰幅のいい男、さらに兄貴格らしい男が脇に付き添い、しんがりの手下のひとりが、提灯で男たちの足元を照らしていた。

亀島が抜いた。稔造たちも、懐に呑んでいた匕首《あいくち》を取り出した。藪のなかで、男たちの刀身がにぶくひかっている。

先頭の提灯が、山神たちの目の前に迫ってきた。話し声と足音がすぐ近くで聞こえる。提灯の灯のなかに、男たちの顔がくっきりと浮かび上がった。

「行け！」

辰五郎が声を殺して言った。

ザザザッ、と笹藪を分ける音がひびき、稔造たちが飛び出した。峰吉と七兵衛の手にした提灯が、熊造たち六人を照らしだした。

「闇討ちだ！」

熊造の手下のひとりが叫んだ。

「親分を守れ！」

熊造の脇にいた兄貴格らしい男が叫び、懐から匕首を抜いた。ふたりの武士が抜刀し、熊造のそばに身を寄せた。熊造の手下の持った提灯が揺れ、笹藪や掘割の土手を舐《な》めるようにはしった。

山神は、熊造の前に立った長身の武士にむかって疾走した。左手で刀の鯉口を切り、右手を刀の柄に添えている。

「何者だ！」

長身の武士が誰何した。

武士は切っ先を山神の目線につけている。遣い手らしく腰が据わり、構えに隙がなかった。

かまわず、山神は一気に長身の武士に迫った。迅速な寄り身である。

斬撃の間境《まざかい》を越えるや否や、
タアッ!

鋭い気合を発し、山神が抜きつけた。

迅い!

居合の抜きつけの一刀が逆袈裟《ぎゃくけさ》にはしった。

咄嗟《とっさ》に、長身の武士は上半身を後ろに倒してかわした。体が反応したのである。

山神の切っ先が、長身の武士の眼前を電光のようにはしった。

次の瞬間、山神の刀身が返り、袈裟に斬り下ろした。

逆袈裟から袈裟へ。神速の太刀《たち》捌《さば》きである。

長身の武士は、山神の迅い太刀捌きに対応できなかった。刀身を振り上げて受けようとしたが、一瞬遅れた。

　ザクリ、と長身の武士の肩から胸にかけて裂けた。ひらいた傷口から血が噴き、武士は絶叫を上げてよろめいた。

「霞飛燕《かすみひえん》……」

　山神がつぶやいた。

　山神の顔が豹変《ひょうへん》していた。老いの翳《かげ》は微塵《みじん》もなかった。双眸が底びかりし、薄い唇が血を含んだような赤みを帯びていた。全身に精気が満ち、覇気がみなぎっている。

　山神の抜きつけの一刀から刀身を返しての二の太刀は迅く、常人の目には太刀筋さえ見えなかった。さらに、切り返しの切っ先の軌跡が、燕の飛翔を思わせることから霞飛燕と呼ばれていた。

　ギャッ！　と絶叫を上げ、もうひとりの武士が身をのけぞらせた。亀島が斬撃を浴びせたのだ。亀島もなかなかの遣い手らしい。

　そのとき、熊造の手下のひとりが、悲鳴とともに手にした提灯を落とした。

　ボッ、と提灯が燃え上がった。炎が、入り乱れて闘っている男たちの姿を照らしだした。手にしている刀や匕首が炎を映じて赤くひかり、黒い人影が交錯している。

「に、逃げろ！」

熊造の手下のひとりが叫んだ。

熊造と兄貴格らしい男が、土手際へまわって逃げようとしていた。

「逃がさぬ！」

山神が疾走した。

手にした刀を八相《はっそう》に構えている。居合を遣わずに斬れると踏んでいるのだ。山神の寄り身は迅速だった。一気に、熊造たちに迫っていく。

「ちくしょう！」

兄貴格の男が立ちどまり、

「親分、逃げてくれ！」

と叫んだ。兄貴格の男は匕首を胸のあたりに構え、山神に切っ先をむけている。

かまわず、山神は兄貴格の男に迫った。

山神が一足一刀《いっそくいっとう》の間境を越えるや否や、

「死ね！」

叫び声とともに、男が匕首を前に突き出して体ごとつっ込んできた。捨て身の攻撃である。

刹那、山神が八相から掬《すく》うように刀身を撥ね上げた。

甲高い金属音がひびき、青火が散って、匕首が夜陰に飛んだ。山神が男の匕首を刀身ではじいたのである。

勢いあまって男は、たたらを踏むように泳いだ。

すかさず、山神が男の背から袈裟に斬り落とした。

ギャッ！

男は、絶叫を上げて身をのけぞらせた。数歩前によろめき、爪先を何かにひっかけて飛び込むような格好で転倒した。

山神は熊造を追った。

ヒッ、ヒッ、と喉《のど》を裂くような悲鳴を上げ、熊造がよたよたと逃げていく。大柄で肥満体の熊造は走るのが苦手らしい。

山神が熊造の背後に急迫した。

そのとき、熊造が足をとめて振り返った。何か叫ぼうとして、熊造が口をあけた瞬間、

山神の体が躍り、閃光がはしった。

真っ向へ。

切っ先が熊造の頭頂をとらえた。

にぶい骨音がし、熊造の顔がひき攣ったようにゆがんだ。次の瞬間、額に赤い血の筋がはしって裂け、血と脳漿《のうしょう》が飛び散った。

熊造の顔が、血まみれになった。血のなかに、瞠《みひら》いた目が白く浮き上がったように見えた。数瞬、熊造は血を噴出させながらつっ立っていたが、ゆらりと体が揺れると腰から沈むように転倒した。

俯《うつぶ》せに倒れた熊造は四肢を痙攣《けいれん》させていたが、悲鳴も呻《うめ》き声も上げなかった。山神の一撃で即死したらしい。

闘いは終わった。熊造たちは残らず仕留められたようである。

峰吉と七兵衛の照らす提灯の灯のなかに、黒い人影が立っていた。辰五郎、山神、亀島、それに稔造と磯次郎の姿があった。辰五郎を除く男たちは、まだ刀や匕首を手にしていた。こわばった顔が、返り血を浴びて赭黒く染まっている。

稔造と磯次郎が、手傷を負ったようだった。稔造は左上腕の着物が裂け、血に染まっていた。磯次郎は、後ろから肩口を斬られたらしい。着物が斜めに裂け、血の色があった。ただ、ふたりともそれほどの深手ではないようだ。

路傍、土手、笹藪のなかに、倒れている人影があった。まだ、生きているらしく、苦しげな唸《うな》り声をあげ、もそもそと動いている者もいる。

辰五郎が、山神のそばに来て、

「とうとう、熊造を殺ったぞ！　さすが、山神の旦那だ」

と、興奮した面持ちで言った。恵比寿のような福相が提灯の灯を映じて、笑った鬼のような顔になっている。

「わしが斬ったのは、三人だ。しばらく、金の心配はせずに済むな」

そうつぶやくと、山神は手の甲で顔の返り血をぬぐった。

5

「さァ、やるぜ」

籠抜けの猪吉《いきち》が声を上げ、いきなり単衣《ひとえ》を脱ぎ捨てた。下は褌《ふんどし》ひとつの裸である。

そこは、富ケ岡八幡宮の門前の脇だった。猪吉の声で行き交っていた参詣客が足をとめ、ひとりふたりと集まってきた。

猪吉はすばやく手ぬぐいでねじり鉢巻きをすると、そばに置いてあった竹で編んだ籠に近付いた。

竹籠の口は直径三尺余、長さは二尺ほどであろう。底はなく、そのまま向こうに飛び抜けられるようになっている。竹籠は台の上に固定され、下に二本の蠟燭《ろうそく》が置かれて火が点いていた。蠟燭の炎が揺れている。風のない日だが、人の動きで、わずかな風が起こるのであろう。

暮れ六ツ（午後六時）前だが、曇天のせいか辺りは薄暗かった。蠟燭の炎に観客たちの目が集まっている。

その蠟燭の火に触れずに、猪吉は籠を飛び抜けようとしているのだ。大道で行われる曲芸のひとつである。

首売り長屋には安次郎《やすじろう》という籠抜けの大道芸人もいたが、ちかごろ安次郎は見世物小屋の軽業興行のおりに舞台で、籠ではなく別の物を飛び抜ける芸を観せるようになり、大道に出ることはまれだった。

猪吉は身構えたまま籠に近付き、なかを覗きながら、

「銭が足りねえ。これじゃァ飛べねえや」

と、渋面で言った。投げ銭がすくないので、籠抜けは観せられないというのである。

すると、集まっていた見物人のなかにいた若い男が、

「鳥目《ちょうもく》だよ！　籠抜けを観ずに帰るのかい」

と、言いざま、手に持った銅銭を籠のそばに投げた。すると、若い男につられたように、集まった見物人の間から、バラバラと銭が飛んだ。

若い男は、長助《ちょうすけ》という。猪吉と長助は組んでいたのだ。長助はさくらで、客を集めたり、投げ銭を誘ったりする役である。

「さァ、飛ぶぜ」

猪吉は両手を前に出し、水に飛び込むような格好をすると、ヤッ！　と声を上げて、籠を飛び抜けた。蠟燭の火が揺れたが、体には触れなかった。

猪吉は地面に両手をつくと、クルリと一回転して立ち上がった。

見物人の間から、感嘆の声や拍手が湧《わ》き、またパラパラと銭が飛んだ。ただ、何

人かがその場から離れようとした。これで、籠抜けは終りと思ったらしい。

「おい、これからだぜ。見ろよ、刀を抜くぜ」

長助が声を上げた。

その声で、その場を離れようとしていた観客が振り返り、また見物人のなかにもどった。新たに、集まってきた客もいる。

猪吉が、そばに置いてあった大刀をおもむろに抜いた。そして、籠の下から刀を突き刺し、切っ先を籠のなかに立てたのだ。こんどは蠟燭の火どころではない。まかり間違えば、切っ先で体を引き裂かれることになる。

猪吉は籠の前に立ち、周囲に落ちている銭を見て、

「これじゃァ、飛べねえなァ」

と言って、また渋い顔をした。

すぐに、長助が、

「銭だ！　これを観ねえ手はねえぜ」

と言いざま、また銭を投げた。

長助につられるように、観客の間から銭が飛んだ。さきほどより、すこし多いよ

うである。

「さァ、やるぜ。腹を裂かれたら、あの世行きだ」

猪吉が腹をさすってニヤリとした。

猪吉は、ふたたび水に飛び込むような格好で身構えると、ヤッ、と一声上げて、籠を飛び抜けた。

猪吉が地面に一回転して立ち上がると、新たに銭が飛び、観客たちの歓声がおこった。拍手する者も多かった。

猪吉が籠から刀を抜いて鞘に納め、これで、おしまいだよ、と声をかけると、観客たちは、籠抜けのことをあれこれしゃべりながらその場から離れていった。

そのとき、長助が人垣の前で観ていた遊び人ふうの男に近寄り、

「ちょいと、兄《あに》さん」

と、声をかけた。

「おれかい」

男は長助にうさん臭そうな目をむけ、

「おめえ、さっきから声をかけてたが、あいつのさくらだな」

と、銭を拾い集めている猪吉を指差して言った。

「ヘッヘヘ……。ばれやしたかい。さすが、兄さんだ、お目が高い」

長助は首をすくめ、照れたような顔をして言った。

「それで、おれに何の用だい」

男が訊いた。

「ちょいと、訊きたいことがありやしてね」

そう言うと、長助はすばやく懐から巾着《きんちゃく》を取り出すと、男の手に銭を握らせてやった。

「すまねえなァ。……それで、何を訊きてえんだい」

男は、まだ警戒するような顔をしていた。

「あっしらのような商売は、土地の親分さんのことが気になりやしてね」

長助がもっともらしい顔をして言った。

「それで？」

「怖いことを耳にしたんでさァ」

長助は男に身を寄せ、急に声をひそめて言った。

「怖いことだと？」

男が長助に顔をむけた。

「へい、深川で喧嘩《でいり》があって、何人も斬り殺されたと聞いてやすが、兄さんは、知ってやすかい」

長助が怖気をふるうように身を顫《ふる》わせた。

猪吉と長助は、首売り長屋の住人だった。これまで、両国広小路で籠抜けの芸を観せて銭を稼いでいたが、観ていた遊び人ふうの男が、深川で喧嘩があり、何人も斬り殺されたようだ、と口にしたのを耳にした。それで、長助が遊び人ふうの男からあらためて訊くと、やり合ったのは深川を縄張にしている親分同士で、斬り殺された者のなかに牢人や女郎屋の若い衆《し》などがいたというのだ。

……人攫い一味とかかわりがあるかもしれねえ。

と、長助は思い、さらに探ってみるつもりで、猪吉とともに深川まで足を運んできたのである。

「ああ、その話なら聞いてるよ」

男が、声を低くして言った。

「殺られたのは、このあたりの親分さんですかい」

「まァ、そうだ。殺されたのは、熊造親分よ。いっしょに子分が三人、それに用心棒がふたりだ」

男が低い声で言った。顔がけわしくなっている。土地の遊び人にとっては、他人事ではないのであろう。

「殺ったのは？」

さらに、長助が訊いた。

「入船の親分よ」

男によると、襲ったのは入船の辰五郎という親分で、熊造と同じように深川を縄張にしているが、これまで、辰五郎が富ケ岡八幡宮界隈と入船町、洲崎などで幅を利かせ、一方、熊造は門前通りにある一ノ鳥居から西方の黒江町、中島町、それに大川端沿いの町々を縄張にしていたという。

「ところがよ、入船の親分が熊造親分を殺っちまったんで、これからは深川一帯は入船の親分の縄張《しま》よ。そのうち、本所や両国にも手をひろげていくぜ」

男の声には昂ったひびきがあった。話しているうちに、興奮してきたらしい。

「聞いた話じゃァ、殺られたなかに女郎屋の若い衆がいたそうじゃァねえか」

長助が声をあらためて訊いた。

「いただろうよ。熊造親分も入船の親分も、賭場のほかに女郎屋もやっていたからな」

男によると、とくに辰五郎は富ケ岡八幡宮界隈の女郎屋や置屋に顔を利かせ、息のかかった女郎屋が何軒もあったという。

深川には多くの遊里が散在し、江戸でも岡場所の多い地として知られていた。とくに富ケ岡八幡宮界隈には深川七場所と呼ばれる遊里があり、多くの客を集めて繁盛していた。土地の親分が、女郎屋や置屋などを金蔓《かねづる》とみて、手を出すのも不思議ではない。

「ちかごろ、七つ八つの女児《おんなのこ》が、何人も売られてきたと聞いたが、辰五郎親分の息のかかった女衒じゃァねえのかい」

長助は、攫われた女児は女郎屋に売られたのではないかとみて訊いてみたのだ。

攫われた女児は、すぐに客をとることはできないが、何年か店で禿《かむろ》のように使ってから上玉として売り出せるはずである。

「おれも、そんな話を聞いたな」

男が言った。

「その女衒は、なんてえ名だい」

「辰五郎親分の息のかかった女衒なら、七兵衛だが、くわしいことは知らねえぜ」

男が首をひねった。

「七兵衛か……」

長助が口をつぐむと、

「おめえ、何を訊きてえんだ。まるで、岡っ引きの聞き込みみてえじゃァねえか」

男が急に不審そうな顔をして長助を見た。

「おっと、つまらねえことを訊いちまったぜ。……おれは、辰五郎親分のことが知りたかっただけよ」

そう言い残し、長助は男から離れて銭を拾い終えた猪吉のそばに歩み寄った。

6

「島田の旦那、気になる話を聞き込んだんですがね」

長助が、宗五郎に言った。

首売り長屋の住人たちは、宗五郎のことを大家と呼ばずに島田の旦那とか宗五郎の旦那とか呼ぶ者が多かった。宗五郎が店子《たなこ》として長屋に住んでいたときの呼び方を、大家になってからもつづけていたのである。

長助と猪吉は深川から長屋に帰ると、聞き込んだことをとりあえず宗五郎に伝えておこうと思って立ち寄ったのである。

「何が気になるのだ」

宗五郎が湯飲みを手にしたまま訊いた。

長助と猪吉が来たとき、宗五郎は初江が淹れてくれた茶を飲んでいたのだ。

初江は、刀十郎の家に行っていた。男たちの話にくわわらない方がいいと思い、気を利かせたのである。

「深川で喧嘩《でいり》があり、何人も殺されたそうでさァ」

長助が、辰五郎と熊造の喧嘩のことをかいつまんで話した。

猪吉は長助の脇に腰を下ろして黙って聞いている。話すのは、長助にまかせているようだ。

「うむ……」

宗五郎は不興そうな顔をした。やくざの親分の喧嘩などに、興味はなかったのである。

「その喧嘩のさい、女衒がひとり殺されたらしいんで」

「女衒がな」

「それに、辰五郎の手先にも女衒がいやしてね。ちかごろ、七つ八つの女児が何人か売られてきたらしいんでさァ」

「なに、女児が売られてきたと」

宗五郎の声が急に大きくなった。宗五郎は、すぐに攫われたお春やお菊のこととつなげたのである。

「へい」

「それで、その女衒は分かっているのか」

宗五郎が身を乗り出すようにして訊いた。

「島田の旦那、ぬかりなく訊いてきやしたぜ。七兵衛でさァ」

長助が言った。

「よし、七兵衛をたぐってみよう。長助、猪吉、おめえたちのお蔭《かげ》で、人攫い一味の尻尾がつかめるかもしれんぞ。よくやったな」

宗五郎が褒めると、

「それほどでもねえや」

そう言って、長助が得意そうな顔をして胸を張った。脇に腰を下ろしていた猪吉まで、胸を張っている。

宗五郎は、長助と猪吉が帰るとすぐに家を出た。むかった先は、刀十郎の家である。

首売り長屋は夕闇につつまれていた。あちこちから、腰高障子をあけしめする音、赤子の泣き声、亭主のがなり声、母親の子供をしかる声、笑い声などが聞こえてくる。どこの長屋も同じだが、夕暮れ時が一番賑やかなのだ。子供たちは遊びから、亭主たちは仕事から帰ってきて、狭い家で顔をつき合わせるからである。

刀十郎の家からも灯が洩れていた。初江と小雪の声が聞こえる。

宗五郎が腰高障子をあけると、初江は上がり框に腰を下ろし、流し場で洗い物をしている小雪となにやら話していた。刀十郎は女たちの話にはくわわらず、座敷に座して茶を飲んでいる。

「いま、おまえさんの話をしてたんですよ」

初江が言った。

「どうせ、わしの悪口だろう」

「そんなことないよ。……うちの旦那は、歳に似合わず元気だって話してたのさ」

初江が、意味ありげに宗五郎を上目遣いに見ながら言った。

「わしのことより、お春のことで刀十郎に話があるのだ」

宗五郎が顔をけわしくして言った。

すると、初江も真面目な顔をして、

「おまえさん、あたしがいてもいいのかい」

と、訊いた。攫われたお春のことで、何か分かったらしいと気付いたようだ。

「いてもかまわん。小雪も、洗い物をやめて聞くといいぞ」

小雪も初江も、長屋の住人としてお春のことには気を揉んでいたのである。

「はい」

　小雪はすぐに流し場から離れると、殊勝な顔をして刀十郎の脇に膝を折った。

「猪吉と長助が、帰りがけにわしのところに寄って話したのだが」

　と前置きし、宗五郎が話しだした。

　辰五郎と熊造のことから、喧嘩《でいり》で何人も斬られたらしいこと、さらに女衒がちかごろ七、八歳の女児を何人か女郎屋に連れてきたらしいことなどを話し、

「七兵衛と女郎屋を探れば、お春やお菊の居所が知れるかもしれん」

　と、言い添えた。

「義父上《ちちうえ》、さっそく明日から、深川へ行ってお春たちの居所を探ってみますよ」

　刀十郎が言うと、

「わたしも、行きます」

　と、小雪が身を乗り出すようにして言った。

「行ってもいいが、刀十郎から離れるなよ。おまえが人攫いに遭うかもしれんからな」

　宗五郎がからかうような口調で言った。

「わたしは、もう子供じゃァないんですよ」

小雪が口をとがらせて言った。

「おまえさん、あたしは長屋にいますよ」

脇から、初江が口をはさんだ。

「あたりまえだ。おまえが行っても役にたたん」

宗五郎が、憮然《ぶぜん》とした顔で言った。


翌日の早朝、首売り長屋から刀十郎と小雪をはじめ、大道芸人や物貰い芸人などが十数人、深川にむかい、富ケ岡八幡宮界隈に散って、お春たちの居所と七兵衛の塒《ねぐら》を探った。

また、宗五郎は講釈長屋に行き大家の彦斎に事情を話したので、講釈長屋からも大勢深川にむかった。

七兵衛の塒は、その日のうちに分かった。深川山本町の長屋で独り暮らしをしているとのことだった。

ただ、お春たちの行方は分からなかった。分かったことは、七兵衛が七、八歳と思われる女児を五人、玉城屋《たまきや》という置屋に連れていったことだけである。それが、お春たちかどうかも分からなかったし、玉城屋からの行き先も分からなかった。

刀十郎は宗五郎と相談し、

「七兵衛をしばらく尾《つ》けてみよう」

ということになった。七兵衛の行き先にお春たちがいるかもしれないし、七兵衛が人攫い一味と会う可能性もあったのだ。

第三章　幽鬼

1

「旦那、あの木戸の先が重兵衛店《じゅうべえだな》でさァ」

そう言って、飛助が斜向《はすむ》かいにある路地木戸を指差した。

「七兵衛の住む長屋だな」

刀十郎が訊いた。

この日、刀十郎は飛助、権十、にゃご松の四人で、七兵衛の長屋のある山本町に来ていた。小雪は連れてこなかった。刀十郎たちは、七兵衛を捕らえるつもりで来ていたので、小雪は足手纏《あしでまと》いだったのである。

これまで、飛助、にゃご松、猪吉、長助の四人で交替し、七兵衛の跡を四日にわたって尾けまわした。

ところが、七兵衛は近くの飲み屋や一膳めし屋、それに辰五郎の賭場に出かけるだけで、お春たちのいる店へ出向くことはなかったし、人攫い一味らしい者と会うようなこともなかった。それで、「いっそのこと、七兵衛を捕らえて口を割らせよう」ということになったのである。

「どうしやす」

飛助が訊いた。

「ともかく、七兵衛がいるかどうか確かめてからだな」

はたして、七兵衛が長屋にいるかどうか分からなかったのである。

「あっしが見てきやす。旦那たちは、ちょいと待っててくだせえ」

そう言い残し、飛助は跳ねるような足取りで路地木戸にむかった。

刀十郎たち三人は、路地沿いに椿《つばき》がこんもりと枝葉を茂らせているのを見て、その陰にまわった。路地を行き来する人はすくなかったが、長く立っていると不審に思う者がいるだろう。

樹陰でしばらく待つと、飛助がもどってきた。

「いやすぜ。座敷で寝転がっていやしたよ」

飛助によると、七兵衛の家の戸口に近付き、腰高障子に身を寄せて破れ目から覗くと、畳に横になっている七兵衛らしい男の姿が見えたという。

「具合でも悪いのか」

権十が訊いた。

「そうじゃァねえようですぜ。単衣を着たままだし、そばに貧乏徳利が立っていやしたからね。酒でも飲んで、眠くなったんでしょうよ」

飛助が口元に薄笑いを浮かべて言った。

「踏み込んで、押さえるか」

権十が一同に視線をまわして言った。

「まだ、すこし早いな」

そう言って、刀十郎は西の空に目をやった。

陽は西の家並の向こうに沈んでいたが、空はまだ青く、辺りは明るかった。路地沿いの店もひらいている。もういっとき経つと、暮れ六ツ（午後六時）の鐘が鳴るだろう。

刀十郎は辺りが暗くなり、長屋の住人が家のなかに入ってからがいいと思った。

七兵衛を連れ出すのに、騒がれたくなかったのである。

「暗くなるのを待つか」

と、権十。

「そうしよう」

刀十郎たちは、七兵衛が長屋を出ないか見張らねばならなかったので、このまま樹陰で待つことにした。

小半刻（三十分）ほど経つと、暮れ六ツの鐘が鳴った。刀十郎たちは、さらに暗くなるのを待った。

「そろそろだな」

刀十郎が言った。

辺りは濃い夕闇につつまれていた。路地沿いの店も店仕舞いし、夕闇のなかに沈んだようにひっそりとしている。路地を通る人影も見かけなくなった。

刀十郎たちは樹陰から出ると、飛助の先導で長屋につづく路地木戸をくぐった。

長屋は結構賑やかだった。家々から灯が洩れ、住人の声や腰高障子をあけしめする音などがたえず聞こえてきた。ただ、家の外に人影はなかった。家のなかで過ごしているらしい。

「こっちでさァ」

飛助が先に立って、井戸端の脇にある棟の前にまわった。

「二つ目の部屋ですぜ」

見ると、腰高障子がだいぶ破れ、ヘラヘラと笑うように揺れていた。淡い灯が洩れている。

刀十郎たちは足音を忍ばせて、腰高障子の前に近付いた。障子の破れ目から覗くと、部屋の隅にある行灯の明りに、男の姿がぼんやりと見えた。座敷のなかほどに胡座をかいている。棒縞《ぼうじま》の小袖の襟元《えりもと》がはだけて胸があらわになっていた。膝先に貧乏徳利が置いてあり、手に湯飲みを持っていた。酒を飲んでいるらしい。

「手筈《てはず》どおり、まず、あっしとにゃご松とで入《へえ》りやすぜ」

飛助が声を殺して言い、そっと腰高障子をあけた。

「へい、ごめんなすって」

飛助が満面に笑みを浮かべて、土間に立った。にゃご松も、笑みを浮かべて腰をかがめている。

る。

「な、なんだ、てめえたちは」

七兵衛が驚いたように目を剝いた。手にした湯飲みが、口元でとまったままである。

「へい、あっしらふたりは、けちな盗人で……」

飛助が、揉み手をしながら小声で言った。

「ぬ、盗人だと！　ここに、盗人に入ったのか」

七兵衛は驚いたように目を瞠《みひら》き、腰を上げて片膝を立てた。外に飛び出していきそうな身構えである。

「でけえ声を出しちゃァいけねえ。七兵衛の兄い、長屋に盗人に入るやつがいやすか。それに、盗人だと名乗って入り込むわけがねえ」

飛助が笑いながら言った。

「もっともだ……」

七兵衛が腰を下ろした。まだ、湯飲みを手に持っている。

「あっしらが、盗人と名乗って兄いのところへ来たのは、わけがあるからですよ」

飛助が急に声をひそめて言った。

「どんなわけだ」

七兵衛が疑わしそうな目で飛助たちを見た。

「迂闊《うかつ》に、口にできねえんですがね。儲《もう》け話があるんですよ」

飛助が言うと、つづいてにゃご松が、

「儲け話ですぜ、にゃん……」

思わず、にゃんまみだ、と言いそうになり、慌てて口をつぐんだ。

「おかしな連中だな。……どうして、おれのところへ話しに来たのだ」

七兵衛の顔に疑念の色が濃くなった。

「入船町の親分の賭場で、兄いの顔を見かけたんでさァ。兄いの賭けっぷりから、度胸がよさそうだとみやした。それに、口も固そうだ。……なまいきなようだが、この男なら仲間にしてもいい、と思ったわけで」

飛助がもっともらしい顔をして言った。飛助は賭場に行ったことはないが、七兵衛が賭場へ行くことを知っていたのでそう言ったのである。

「その儲け話というのを、話してみろよ」

七兵衛が湯飲みを膝先に置き、上がり框近くに膝を寄せた。

「あっしらは、長年、頭《かしら》の指図で盗人働きをしてきやした」

飛助が言った。

「それで？」

「頭は千両ちかく溜《た》め込んだはずなんで。……兄い、ちょいとこっちへ」

飛助がさらに声をひそめた。

七兵衛が、さらに膝をずらせて飛助たちに近付いた。

すると、にゃご松が、そっと流し場の隅へ身を寄せて七兵衛の脇へ立った。懐に手をつっ込んで、用意していた手ぬぐいをつかんでいる。

「その頭が、情婦《いろ》と寝ているときにぽっくりいっちまった。……いい歳なのに、がんばり過ぎたようでさァ」

「うむ……」

「頭の住む家の床下には、千両ちかく入《へえ》った甕《かめ》が埋まっている」

「ほんとかい」

七兵衛が身を乗り出すようにして言った。

飛助は懐に手をつっ込んで、呑んできた匕首の柄を握った。

「ところが、情婦の兄弟が入り込んでその家に居座っちまった。そいつらが遊び人で、あっしらふたりにはちょいと荷が重い」

ジリッ、と飛助が七兵衛に近付いた。

「そ、それで？」

七兵衛は話に乗っている。

「それで、腕が立ち、口の固そうな仲間をひとり探してた。そんとき、たまたま兄いの姿を賭場で目にしたってわけで」

飛助がいきなり匕首を取り出し、

「動くんじゃァねえ！」

と言いざま、七兵衛の胸元に切っ先を突き付けた。

ギョッ、として七兵衛が身を竦ませ、凍りついたように身を硬くしたとき、にゃご松が後ろから七兵衛の口に手ぬぐいをまわした。猿轡をかませようとしたのだ。大声を出すのを防ぐためである。

「な、何をしや……」

七兵衛が、首を振りながら叫ぼうとした。

激しく首を振るので、うまく猿轡がかませられない。

そのとき、刀十郎と権十が飛び込んできた。

スッ、刀十郎が七兵衛の前に踏み込み、身をかがめた瞬間、七兵衛がグッと低い呻き声を洩らし、上体を前に折った。

刀十郎が当て身をくらわしたのだ。つづいて権十が、七兵衛の両肩に手を当てて押さえつけた。巨漢の上に怪力の主なので、七兵衛は身動きできなくなってしまった。

すかさず、にゃご松が猿轡をかませた。さらに、後ろへまわった飛助が、七兵衛の両腕を後ろに取って縛り上げた。

刀十郎が腰高障子から首を突き出し、左右に目をやって、

「騒ぎだすようなことはないようだ」

と、声をひそめて言った。

隣の家から水を使う音が聞こえたが、異変を察知して騒ぎだすような気配はなかった。七兵衛の部屋から物音や話し声は聞こえただろうが、声をひそめたやり取りだったので、話の内容までは聞こえなかったようだ。

「飛助、にゃご松、なかなかの役者だな」

刀十郎は、腰高障子の陰で飛助たちと七兵衛のやり取りを聞いていたのだ。

「ヘッヘへ……。それほどでもねえや」

飛助が照れたように笑った。

「よし、連れていくぞ」

刀十郎が小声で言った。

2

刀十郎たちは、七兵衛の頭から半纏をかぶせ、権十が抱えるようにして長屋から連れ出した。長屋の住人に見咎《みとが》められたら、適当に言い繕うつもりだったが、幸いなことに住人と出会《でくわ》すようなことはなかった。もっとも、そうならないように、刀十郎たちは暗くなってから仕掛けたのである。

刀十郎たちは、人目につかないように裏路地をたどって油堀沿いの通りへ出た。そして、富岡橋近くの桟橋につないでおいた猪牙舟に乗り込んだ。舟は、堂本が岸田屋に頼んで調達しておいたものである。

「舟を出しやすぜ」

艫《とも》に立った飛助が声を上げた。

飛助の櫓《ろ》の扱いは巧みだった。漁師の三男坊に生れ育ったので、舟のあつかいに慣れていたのだ。

刀十郎たちの乗る舟は、油堀をたどって大川に出た。そして、夜の大川を溯《さかのぼ》り、神田川に入った。

「舟を着けやすぜ」

飛助は浅草橋の手前の船寄《ふなよせ》に舟を着けた。ここから、首売り長屋はすぐである。

刀十郎たちは、首売り長屋の空き部屋に七兵衛を連れ込んだ。まず、七兵衛から話を訊くつもりだった。

座敷のなかほどに座らされた七兵衛の顔がひき攣っている。不安と恐怖である。

夜であったが、刀十郎たち四人にくわえ、宗五郎、猪吉、長助の三人も顔を見せた。座敷の隅に置かれた行灯の灯に浮かび上がった男たちの姿は不気味だった。若侍、巨漢の男、隠居ふうの年寄り、芸人らしい男など、得体の知れない男たちがけわしい顔で、七兵衛を取り囲んでいる。

「猿轡をとってやれ」

宗五郎が言った。

すぐに、飛助が七兵衛の後ろにまわって猿轡を取った。

「お、おめえたちは、だれなんだい」

七兵衛が声を震わせて訊いた。まだ、刀十郎たちのことを知らないようだ。

「ここは化け物長屋だ」

宗五郎が言うと、

「おめえを煮て食うか、焼いて食うか。おれたちの勝手だぜ」

猪吉が、薄笑いを浮かべて言った。

「………！」

七兵衛は首を竦め、胴震いした。顔が紙のように蒼ざめ、目玉が落ち着きなく動いている。

「痛い目に遭いたくなかったら、訊かれたことを話すんだな」

刀十郎がおだやかな声で切り出した。

「では、訊くぞ。……おまえは、娘たちを攫った一味だな」

「し、知らねえ」

七兵衛が声をつまらせて言った。

「隠しても無駄だ。おまえが、攫った娘たちを玉城屋に連れていったことは、分かっている」

「お、おれは、上州《じょうしゅう》まで行って、高い金を出して娘たちを買ってきたんだ。攫ったりはしねえ」

七兵衛が、上目遣いに刀十郎を見ながら小声で言った。

「ごまかそうとしてもだめだ。おまえは、ずっと深川にいたではないか」

刀十郎は、七兵衛がちかごろ上州に行ったはずはないと思って、そう言ったのである。

「行ったんだよ」

七兵衛が消え入りそうな声で言った。

「おまえは、娘を攫ったな」

刀十郎が語気を強くして言った。

「おれは、人攫いじゃァねえ」

そう言って、七兵衛が刀十郎から視線をそらせた。

すると、権十が七兵衛の前に立ち、

「おれが、口を割るようにしてやる」

と言いざま、七兵衛の顎を挟むように両手をあてがった。松の樹皮のように固い掌《てのひら》である。権十は柔術にくわえ、鉄手甲《てってっこう》を巧みに遣う。鉄手甲は鹿のなめし革の手袋の内側に、鉄片を鱗《うろこ》状に縫い付けた武器である。権十はこの鉄手甲で相手の刀槍をつかみ、引き寄せて殴り殺す。

権十は、長年鉄手甲の稽古をしたため、掌が松の樹皮のように固くなっていたのだ。

「………！」

七兵衛の顔が恐怖にゆがんだ。

「おい、しゃべる気になったら、顎の骨がくだける前にうなずくんだぞ。顎の骨が砕けてしまうと、しゃべれなくなるからな。……分かっているだろうが、顎の骨がくだけると、今後飲み食いはできなくなる。飢え死にするだけだからな」

「よ、よせ」

七兵衛の顔から血の気が引き、体が激しく顫《ふる》えだした。

「いくぞ」

権十が、顎をはさんだ両手に力を込めた。

ムムムッ、と唸り声を上げ、力をふり絞った。万力のようである。顔が怒張したように赭黒く染まっている。

七兵衛の顔が奇妙にゆがみ、権十の手の間から七兵衛の唇がはみ出した。両眼を剝き、身を揉むようにくねらせ、ヒッヒッと喉を裂くような悲鳴を洩らしている。

「顎が砕けるぞ！」

権十が吼《ほ》えるように叫んだとき、七兵衛の首がかすかに上下に動いた。しゃべる、という合図である。

権十は両手を顎から離すと、フウッ、と大きくひとつ息を吐き、

「やっと、しゃべる気になったか。口を割る前に、顎を割るところだったぞ」

と言って、ニヤリと笑った。

「では、あらためて訊く。おまえは、娘たちを攫った一味だな」

刀十郎が言った。

「お、おれは、娘を攫ってねえ。玉城屋に連れていくように言われただけだ」

「だれに言われたのだ」

「稔造の兄貴だ」

「稔造という男は？」

「親分の右腕だ。娘たちを攫ったのは、稔造の兄貴たちだと聞いている」

「親分は辰五郎だな」

「そうだ」

「攫った娘たちは、玉城屋からどこへ連れていかれたのだ」

刀十郎は、何としても娘たちの居所が知りたかった。お春やお菊を連れもどさねばならないのだ。

「し、知らねえ。嘘じゃァねえんだ。まだ、娘たちは客を相手にすることはできねえ。それに、店に置いたら人攫いとのかかわりがばれちまう。それで、ほとぼりが覚めるまでは、どこかへ連れていって隠してあるはずだ」

七兵衛が言いつのった。

刀十郎は七兵衛が白《しら》を切っているとは思えなかった。

「玉城屋は辰五郎の息のかかった店だな」

刀十郎は別のことを訊いた。

「そ、そうだ」

「………」

刀十郎は、玉城屋のあるじか稔造、それに辰五郎もお春たちの監禁場所を知っているはずだと思った。

「ところで、人攫い一味には武士がいたな。……何者なのだ」

刀十郎が声をあらためて訊いた。

「亀島佐之助さまでさァ」

七兵衛によると、亀島は辰五郎の賭場の用心棒をしていた牢人だという。

「大川端で喜八を斬ったのは、亀島か」

刀十郎は、喜八が武士の手で斬られていたことから、人攫い一味の者が斬ったのなら、亀島だろうと推測したのである。

「だれが斬られたかは知らねえが、亀島の旦那が大川端で人を斬ったことは聞いている」

「やはりそうか」

喜八を斬ったのは、亀島という牢人らしい。

「ところで、亀島はどこにいる」

刀十郎が語気を強くして訊いた。

「塒は知らねえが、賭場に行きゃァ、いるはずだ」

「親分の辰五郎は？」

「決まった居場所はねえ。……情婦《いろ》のところや賭場、それに玉城屋にいるときもありまさァ」

辰五郎は用心深い男で、寝首を掻《か》かれないように子分たちにも決まった塒は知らせないという。

「情婦はどこにいる」

刀十郎が訊いた。

「浜乃屋でさァ。姐《あね》さんは、料理屋の女将してるんで」

七兵衛によると、浜乃屋は深川黒江町にあり、女将の名はお滝だという。

「うむ……」

刀十郎が口をつぐんだとき、

「あっしの知ってることは、みんな話した。もう、辰五郎親分とは縁を切りやすから、あっしを帰《けえ》してくだせえ」

七兵衛が、哀願するような声で言った。

すると、宗五郎が、

「そうはいかんな。しばらく、おまえはわしが預かっておこう」

と言った。宗五郎は、お春たちを連れもどし、人攫い一味の件の始末がつくまで、七兵衛を捕らえておこうと思ったようだ。

3

山神は浜乃屋の離れにいた。座敷は薄暗くなっていたが、まだ行灯を点けるほどの暗さではなかった。

離れの障子が、淡い茜色《あかねいろ》に染まっている。夕日が障子に当たっているのだ。

山神は座敷にひとり座し、酒肴の膳を前にして猪口《ちょこ》をかたむけていた。浜乃屋の女中が運んでくれた膳である。酒肴の膳といっても、肴《さかな》は炙《あぶ》ったするめだけだった。山神が、肴はそれだけでいいと言ったのだ。

……障子が、こんなふうに染まっていたな。

山神がつぶやいた。

山神の胸に、七年前のことがよぎった。たったひとりの肉親だった娘の紀江《のりえ》が労《ろう》咳《がい》で死んだのである。

山神は生れながらの牢人だった。父親は手跡指南所をひらき、細々と暮らしていたが、山神には武士らしく剣で身をたてさせようとして、近くにあった田宮流居合の上岡《かみおか》道場に通わせてくれた。上岡錬次郎《れんじろう》は尾張領内で田宮流居合を学んだ後、江戸へ出て町道場をひらいたのである。

山神は学問より剣術の方が好きだった。稽古好きの上に剣の天稟《てんぴん》もあったのか、めきめきと腕を上げ、二十歳を過ぎたころには、上岡道場の師範代とも互角に打ちあえるほどになった。

ところが、父親が病身の妻を残して急逝したため、山神は上岡道場をやめた。暮らしを立てるために、働かねばならなかったのである。山神は金を得るために何でもやった。上岡道場の門弟を頼って出稽古に行って礼を得たり、ときには荷揚げ場や普請場《ふしんば》へ日傭取《ひようと》りに出たりもした。

山神の苦労もむくわれず、三年ほどして母親は亡くなった。天涯孤独の身となった山神は、母が死んでから四年ほど後、上岡道場の門弟だった御家人の妹と所帯をもった。そして、生れたのが娘の紀江だった。

その後、十数年、山神は妻と娘の三人で、貧しいながらも幸せな暮らしをつづけた。ところが、いまから十年ほど前、妻が病魔に襲われた。労咳である。山神は相変わらず出稽古や日傭取りなどをしながら何とか薬代の工面をして妻を養生させたが、その甲斐もなく、妻は一年ほど病んで他界した。

山神家の不幸は、それで終わらなかった。妻が死んで半年ほどすると、紀江が咳《せき》をするようになり、一年ほどして喀血《かっけつ》した。妻と同じ労咳にかかったのである。

……紀江だけは死なせたくない。

山神は必死だった。薬代を稼ぐために無理をして働き、高い薬も飲ませたが、紀江はいっこうによくならなかった。

ある日、玄庵《げんあん》という町医者が、「高価だが、しばらく人参（朝鮮人参）を飲ませてみるといい。労咳には、人参が効くはずだ」と話した。

山神は、人参が労咳に効くとこれまでも耳にしていた。だが、あまりにも高価だった。親指ほどの大きさの人参で一両余もするという。それも、一度だけでなく何度も煎《せん》じて飲ませねばならないのだ。山神には、それこそ辻斬りか押し込みでもやらなければ、無理である。

だが、山神は何としても紀江を助けたかった。かといって、辻斬りや盗人はできない。思いあまった山神は、むかし上岡道場で同門だった芝川甚之助《しばかわじんのすけ》から金を借りようと思った。それというのも、芝川は旗本で内証《ないしょう》がいいらしく、ときおり柳橋の料理屋に出かけていると耳にしたからである。一両や二両の金なら、何とか都合してくれるのではないかと思ったのだ。

山神は柳原通りで、芝川が来るのを待った。この日の午後、山神は神田小川町にある芝川の屋敷に出かけ、ちょうど門から出てきた中間から、芝川が柳橋の料理屋に出かけたらしいと耳にしたからである。

芝川が姿を見せたのは、辺りがだいぶ暗くなってからだった。芝川は酔っていた。

供は連れていなかった。お忍びで、飲みに出かけたのであろう。

　山神は芝川の前に膝を折り、地面に端座して、

「一両二分、都合してくれまいか」

と、懇願した。売薬屋で、親指ほどの人参が一両二分と言われていたのだ。とりあえず、その人参を買って、紀江に飲ませてやろうと思ったのである。

　地面に端座したのは、三十年ほども会わなかった相手に金の無心をする己の厚顔さを恥じ、気後れして自然にそうなったのだ。

「山神、まるで、犬だな」

　芝川がせせら笑って言った。

　山神は、芝川の言葉に臓腑《ぞうふ》を抉《えぐ》られるような屈辱と無念さを覚えたが、必死で耐え、

「む、娘に、薬を飲ませてやりたいのだ」

　と、絞り出すような声で言った。

「フン、上岡道場の俊英などと煽《おだ》てられた男が、犬のように這《は》い蹲《つくば》って物乞いか。いいだろう。同門のよしみで恵んでやろう」

そう言うと、芝川は懐から財布を取り出し、小判一枚と一分銀をふたつ取り出し、山神の膝先に投げた。

「す、すまぬ」

山神が小判と一分銀をつかんだときだった。

「瘦せ犬が」

と言いざま、いきなり芝川が唾を吐いたのだ。

その唾が、山神の顔にかかった。

瞬間、山神の頭のなかで何かが切れた。ふいに頭のなかが真っ白になり、山神の体が勝手に動いた。

山神は傍らに置いていた刀をつかむと、胸の裂けるような甲走った気合を発し、立ち上がりざま抜きつけた。

逆袈裟に斬り上げた一刀が、芝川の喉元を深く斬り裂いた。

音をたてて、芝川の首筋から血が噴いた。その血は、山神の顔に驟雨《しゅうう》のように降りかかった。

数瞬、芝川は血を撒《ま》きながらつっ立っていたが、そのまま後ろに朽ち木が倒れるように転倒した。呻き声も息の音も聞こえなかった。すでに、息絶えているようである。

山神の顔と上半身は、血に染まって真っ赤だった。顎や頰から、生暖かい血が滴り落ちている。幽鬼のような形相だった。

山神は手の甲で返り血をぬぐうと、仰臥《ぎょうが》したまま絶命した芝川に近付いた。

芝川は財布を握ったまま死んでいた。財布は、ずっしりと重そうだった。十両はくだらないだろう。

山神は、財布の金があれば、紀江にしばらく人参を飲ませてやることができる、と思った。だが、山神は倒れている芝川のそばまで行って思いとどまった。

……おれは、盗人ではない。一両二分は芝川に借りたのだ。

と、山神はつぶやき、きびすを返した。

武士の矜持だった。芝川を斬ったのは武士が侮辱されたからであり、そのことは恥ずべきことではなかった。だが、ここで芝川の財布を奪っては盗人、追剝ぎの類《たぐい》になってしまう、と山神は思ったのである。

それに、山神の胸の内には、芝川が財布を握ったまま死んでいれば、町方や目付筋も盗人や追剝ぎに襲われたのではないとみるだろう、との思いもあった。

　山神は一両二分の金で人参を買い、紀江に飲ませてやった。しかし、紀江はよくならなかった。町医者の玄庵は、

「労咳は死病と呼ばれている病、一度や二度飲ませたからといって、すぐに治るはずはございません。気長に養生し、根気よく人参を飲ませることです」

　と、言ったのである。

　やむなく、山神は夜になってから柳原通りや大川端に立つようになった。そして、懐の温かそうな商人や武士に切っ先をむけ、

「一両二分で、この命を買ってくれ」

　と言い、応じなければ、斬り捨てるとほのめかした。

　ほとんどの金持ちは、一両二分を出した。一両二分で済めば、何のことはない、と思うらしい。

　それに金を奪われた商人や武士は、一様に金をとられたことを口外しなかった。話せば、己の恥になるし、町方の探索がわずらわしかったからである。

　お蔭で、山神は町方の探索を受けることもなく、金の無心をつづけることができ

た。

だが、山神の思いと努力をよそに、紀江は人参を飲むようになってから半年ほどの後、静かに息を引き取った。

紀江が死んだのは、夕暮れ時だった。そのとき、山神が住んでいた長屋の腰高障子に夕日が映じ、淡い茜色に染まっていた。

その後も、山神は金がなくなると、柳原通りや大川端に立った。独りになった山神にはいつ死んでもいいという諦観《ていかん》もあって、人足や日傭取りなどする気にはなれなかったのである。

山神は猪口を手にしたまま、

……人参も効かなかったわけだ。

と、茜色に染まった障子に目をやってつぶやいた。

そのとき、戸口に近付く音がし、引き戸があいた。

「山神の旦那」

と、呼ぶ声がした。

辰五郎の手下の磯次郎である。

4
「磯次郎、何か用か」

山神は戸口まで出て、磯次郎に訊いた。

「親分が、座敷で呼んでおりやす」

「浜乃屋でか」

山神が訊いた。これまで、辰五郎が山神に会いに来ると、離れに直接顔を出すことが多かったのだ。

「へい、亀島の旦那や稔造兄いもみえていやす」

磯次郎が言った。

「そうか」

山神は、何か相談があるのだろうと思った。

磯次郎は、浜乃屋の二階の奥の座敷へ連れていった。障子をあけると、辰五郎、稔造、峰吉、亀島、それに女将のお滝の姿があった。

「旦那、ここへ座ってくだせえ」

辰五郎は右手に手をむけた。

そこには酒肴の膳が用意してあり、座布団も敷いてあった。磯次郎は稔造の後ろにまわった。稔造の脇にも、膳が用意してあった。そこが、磯次郎の席らしい。

山神が腰を下ろすと、すぐに、お滝が銚子を持って、

「山神の旦那、どうぞ」

と言って、銚子を差し出した。

大年増である。面長で色白、切れ長の目が射すようなひかりを宿している。妖艶《ようえん》な感じのする女だった。

「すまんな」

山神が杯で受けて、飲み干すと、

「お滝、おりいって相談があるのでな、席をはずしてくれ」

と、辰五郎が小声で言った。

「話がすんだら声をかけてくださいよ」

そう言い残して、お滝は座敷から出ていった。

お滝の足音が聞こえなくなると、辰五郎が集まった男たちに視線をまわして、

「七兵衛の行方が知れねえ」

と、渋い顔をして言った。

「情婦《おんな》と、どこかへしけこんでるんじゃァねえんですかい」

峰吉が、ニヤついた顔で言った。

「それなら、旦那たちまで集めねえよ。……稔造、話してくれ」

辰五郎が、稔造に顔をむけた。

「へい……。七兵衛のやつ、賭場に顔を見せた後、ぷっつり姿を消しちまったんでさァ。念のために、やつの長屋に行って近所で聞いてみると、三日前の晩、四、五人の男がやつの家へ入るのを見た者がいやしてね。そいつが言うには、その晩から七兵衛の姿を見かけなくなったそうでさァ」

稔造が言った。

「するってえと、七兵衛はそいつらに連れていかれたんですかい」

峰吉が身を乗り出すようにして訊いた。

山神と亀島は黙って聞きながら、ときおり手酌でついだ酒をかたむけている。

「そうとしか思えねえんだ。それに妙なことがあってな」

辰五郎が言うと、稔造が後を取って、

「八幡さまの界隈に、妙な連中が姿を見せるようになりやしてね。おれたちのことを、訊きまわってるようなんで」

と、言い添えた。

「町方か」

亀島が訊いた。

「それが、町方じゃァねえんで。つまらねえ芸を見せて銭を出させたり、戸口に立って銭を乞う物貰いの連中なんでさァ」

「なに、芸人や物貰いだと」

亀島が驚いたような顔をして訊いた。

「どうも、下賤《げせん》のやつらが動いているらしいんで」

辰五郎が言い添えた。

「どういうことだ」

亀島が戸惑うような顔をした。

「ひとつ考えられるのは、お春という娘でさァ。あの娘は、両国広小路の見世物小屋に出てたと言ってやした。見世物小屋にかかわりのある連中が、お春を取りもどそうとして探っているのかもしれやせん。……ただ、七兵衛の長屋に姿を見せた男たちのなかに、二本差しもいたと言ってやしたんで、芸人や物貰いだけじゃァねえかもしれねえ」

稔造が首をひねりながら言った。

「いずれにしろ、このままにはしておけねえ。七兵衛だけならかまわねえが、いずれ、旦那たちやおれにも、そいつらの手が伸びてきそうだ。それに、せっかく手に入れた深川の縄張《しま》を、けちなやつらに掻《か》きまわされたくねえからな」

辰五郎の低い声には、怒りのひびきがあった。物言いがやくざの親分のようになっている。怒りで、地が出たらしい。

「いずれにしろ、何者なのか正体をつかむことだな」

亀島が言った。

「手先を使って、探ってみますよ」

辰五郎がそう言ったとき、黙ってやり取りを訊いていた山神が、

「大道で芸を観せている者のなかにも、武士の遣い手がいるぞ」

と、抑揚のない声で言った。

山神は、両国広小路で首売りなる珍商売をしていた刀十郎のことを思い出したのだ。

「そいつの名をご存じですかね」

辰五郎が訊いた。

「いや、知らん」

山神は、刀十郎の名もどこに住んでいるかも知らなかった。知っているのは、刀十郎の腕だけである。

「そいつは、何処《どこ》で商売をしてました」

「両国広小路で、首売りなる妙な芸を観せていたな」

山神は芸というより剣の腕だと思ったが、そう言ったのである。

「そういえば、おれも、首売りとかいう妙な芸で金を稼いでいる男がいると聞いた覚えがある。……そいつらが、七兵衛を連れ去ったのかな」

「はっきりしたことは、分からん。……わしに分かっていることは、その首売りの腕はたしかだということだけだ」

　そう言うと、山神は膳の杯に手を伸ばした。

「いずれにしろ、そいつも探ってみますよ」

　辰五郎は、稔造と磯次郎に顔をむけ、おめえたちに頼むぜ、と小声で言った。

「へい」

　稔造が応えると、磯次郎もちいさくうなずいた。

5

「おまえさん、今日も広小路に行かないのですか」

　小雪が訊いた。

　小雪はふたりだけになると、長屋の女房らしく刀十郎のことを、おまえさん、と呼ぶが、その声には甘えるようなひびきがあった。

　刀十郎たちは、喜八が殺されてから両国広小路に首売りの商売に出ていなかった。

「ともかく、お春を長屋に連れ戻してからだな」

刀十郎が言った。

これまでの蓄えが多少あったし、長屋のみんながお春を探して歩きまわっていることを思うと、首売りの商売に出かける気にはなれなかったのである。

「深川に行くんですか」

小雪が流し場で洗い物をする手をとめて訊いた。

刀十郎たちは、朝餉を終えたところだった。戸口の腰高障子が朝日を映じて白くかがやいている。

「そのつもりだ」

刀十郎は、まず玉城屋の若い衆でもつかまえて様子を訊いてみようと思っていた。

「わたしも、連れてってくださいな」

小雪が振り返って言った。

そのときだった。戸口に走り寄る足音がした。喘《あえ》ぎ声も聞こえる。かなり急いでいるようだ。

障子に人影が映り、ガラリ、と障子があいた。顔を出したのは、飛助だった。

「大変《てえへん》だ！」

飛助が刀十郎の顔を見るなり言った。

「どうしたのだ」

上がり框近くに座していた刀十郎が、膝を立てて訊いた。

「せ、仙太がやられた」

「なに、それで、死んだのか」

剣呑みの仙太らしい。

「し、死んじゃァいねえが、ぼろぼろだ」

飛助が声をつまらせて言った。

「だれにやられたのだ」

「分からねえ。歯力の旦那やにゃご松たちが、ついていやす」

「場所はどこだ」

刀十郎は立ち上がった。

「柳橋近くの大川端でさァ」

「よし」

刀十郎が戸口から出ようとすると、

「わたしも行きます」

と言って、小雪が跟《つ》いてきた。

刀十郎は苦笑いを浮かべただけで、残れ、とは言わなかった。柳橋は近いので、話を聞いた長屋の女房連中も顔を出すのではないかと思ったからである。

小走りに大川端に向かいながら、刀十郎が飛助に訊くと、仙太は深川へ行くつもりで大川端を歩いているとき、三人の遊び人ふうの男に襲われたらしいという。

「あっしも深川へ行くつもりで、通りかかったんでさァ」

飛助によると、大川端で傷だらけになった仙太が唸っていて、そばににゃご松と権十がいたそうだ。

飛助は、あっしが長屋に知らせてくる、と言い残し、駆けもどったという。

「義父上には？」

刀十郎が訊いた。

「先に知らせやした」

「そうか」

宗五郎も現場に駆けつけたようだ。

大川端に出て一町ほど行くと、川岸に人だかりがしていた。首売り長屋の連中が集まっているらしい。

宗五郎、権十、彦次、にゃご松などの姿があった。岡っ引きらしい男や八丁堀同心の姿はなかった。

「刀十郎の旦那だ!」

にゃご松が声を上げると、集まっていた男たちの顔が、いっせいに刀十郎たちにむけられた。

「ここだ」

宗五郎が手を上げると、集まっていた男たちが左右に身を引いて刀十郎たちを通した。

岸辺の叢のなかに、仙太がうずくまっていた。呻き声を上げている。ひどい姿だった。顔が赤く腫《は》れ、額や頬に青痣《あおあざ》があった。着物の肩口や胸が裂け、血の色がある。竹や棒のようなもので打擲《ちようちやく》されたようだ。

「立ち上がれん。足の骨が折れているようだ」

宗五郎が言った。

その声が聞こえたのか、仙太は右足の脛《すね》あたりを指差して、痛《いて》え！　痛《いて》え！　と泣き声で言った。見ると、右足の脛が青く腫れ上がっている。

「ともかく、長屋へ運ぼう。ここにいては、見世物になってしまう。それに、町方が姿を見せると面倒だからな」

宗五郎が言うと、権十が、

「おれの背につかまれ」

と言って、仙太の前にかがんだ。

仙太は権十の首に両手をまわして、しがみついた。

権十は仙太を背負ったまま立ち上がった。後ろから、にゃご松と彦次が仙太の尻を押さえてやった。長屋の連中が、権十と仙太を取りかこむようにしてぞろぞろ歩きだした。集まっていた野次馬たちも引き上げていく。

刀十郎たちは仙太を長屋に連れていき、とりあえず、宗五郎の家に落ち着かせた。

仙太は、母親と十一になる妹の三人暮らしだった。仙太が大怪我《おおけが》をしたと聞いた母親と妹が、蒼ざめた顔で宗五郎の家に駆け込んできたが、

「案ずることはない。足をくじいたようだが、しばらくおとなしくしていれば、元

の体にもどる」

宗五郎が、おだやかな声で言うと、

「よ、よかった……」

と、母親がつぶやいて、その場にへなへなと座り込んでしまった。

小雪と初江が、母親と妹に付き添って家まで送っていった。ふたりは、男たちが仙太から事情を訊くつもりでいることを承知していたからである。

宗五郎は、まず仙太の右足の処置をした。骨の折れ具合を診《み》てから脛に平木を当て、上から晒《さらし》を巻いて動かないように固定したのである。

首売り長屋では、軽業や曲芸で口を糊《のり》している者も何人かいたので、演技に失敗して骨を折ることもあった。そうしたとき、医者に診せるほどの重体でなければ、宗五郎が処置してやっていたので慣れていたのだ。

「これでよし。しばらく右足は使えんが、養生すれば元の体にもどる」

宗五郎が言うと、

「だ、旦那、すまねえ」

仙太が首をすくめるように何度も頭を下げた。

「おまえをこんな目に遭わせたのは、だれだ」

宗五郎が切り出した。

刀十郎たちは、宗五郎と仙太を取りかこむように座敷に腰を下ろしていた。この場は、宗五郎にまかせるようだ。

「分からねえ」

仙太によると、いきなり三人の男が川岸の樹陰から飛び出してきて、持っていた竹や棒で殴りかかってきたという。

「おまえ、喧嘩でもして、仕返しされたのではないのか」

「そんなこたァねえ。三人とも、顔を見たこともねえんで」

「それで、何か盗《と》られたのか」

宗五郎が訊いた。

「何も盗られねえ。いろいろ訊かれただけだ」

「なに、訊かれただと。何を訊かれたのだ」

宗五郎の声が大きくなった。

「首売り長屋のことを、いろいろ訊かれやした。深川に芸人たちが大勢来ているのは、どういうわけだとか……。七兵衛のことや刀十郎の旦那のことも」

仙太が、刀十郎や集まっている男たちに視線をむけ、困惑したような表情を浮かべた。

「おまえ、しゃべったのか」

「すこしだけ……。しゃべらねえと、竹棒や丸太でたたきゃァがるんで」

小声で言って、仙太が首をすくめた。

宗五郎と仙太のやり取りを聞いていた刀十郎は、

……拷問だな。

と、思った。

おそらく、三人の男は辰五郎の手先であろう。刀十郎たちが、お春を探していることや七兵衛を捕らえたことに気付いたのかもしれない。

「それでどうした」

宗五郎が渋い顔をして訊いた。

「あっしは死ぬかと思いやした。そんとき、にゃご松と歯力の旦那が駆け付けてくれたんでさァ」

三人の男はにゃご松と権十が走ってくるのを見て、逃げ出したという。

「あっしと歯力の旦那は、深川へ行く途中、そこを通りかかったんでさァ」

にゃご松が言った。

「うむ……。どうやら、長屋の動きを探ったようだ。こうなると、迂闊に歩きまわれんぞ」

宗五郎が、刀十郎たちに視線をやってけわしい顔をした。

6

刀十郎と彦次は、賑やかな富ケ岡八幡宮の門前通りを歩いていた。永代寺門前仲町にある玉城屋へ行くつもりだった。永代寺門前仲町は、富ケ岡八幡宮の門前近くにひろがっている。料理茶屋、遊廓、置屋などの多い繁華街である。

刀十郎はひとりで行くつもりだったが、首売り長屋を出たところで彦次と顔を合わせ、彦次にどこへ行くのか訊くと、

「玉城屋を探りに行く」

と口にしたので、それならいっしょに行こうということになったのである。

刀十郎たちは賑やかな両国広小路を抜け、両国橋を渡った。本所へ出ると、大川端を川下にむかって歩き、永代橋のたもとを過ぎてしばらく歩いてから左手の大きな通りへ入った。そこは、富ケ岡八幡宮の門前通りにつながる道である。

掘割にかかる福島橋を渡ると、急に人通りが多くなり、前方に富ケ岡八幡宮の一ノ鳥居が見えてきた。遊山客《ゆさんきやく》や参詣客などが行き交い、通り沿いには、料理屋やそば屋、それに土産《みやげ》を売る店などが目立つようになってきた。

「旦那、この辺りは辰五郎の縄張《しま》ですぜ」

彦次が小声で言った。

「となると、どこに、辰五郎の目がひかっているか分からんな」

「こんな人通りの多いところで手を出すはずはねえが、油断はできねえ」

そう言って、彦次は通りの左右に目をやった。

それらしい男の姿はなかった。もっとも、人通りが多く、よほど目立つ男でないと分からないだろう。

やがて、ふたりは一ノ鳥居をくぐった。その辺りから、右手にひろがる町並が永代寺門前仲町である。さらに歩くと、左手の先に富ケ岡八幡宮の鳥居が見えてきた。

「旦那、玉城屋はこの辺りのはずですぜ」

彦次が言った。

通り沿いには、料理茶屋や料理屋らしい店が目立つようになってきた。参詣客や遊山客の姿も増えてきたようである。

「あの店で訊いてみるか」

そう言って、彦次が通り沿いの小間物屋に入った。

待つまでもなく、彦次は店から出てきて、

「旦那、分かりやしたぜ。その路地を入ってすぐのようでさァ」

と言って、右手に入る路地を指差した。

路地は狭いが、賑やかで華やいだ雰囲気があり、料理茶屋、置屋、遊廓などが目についた。行き交う遊山客に交じって、芸者らしい女、三味線箱を手にした箱屋、遊女屋の若い衆などの姿もあった。

「旦那、あの店だ」

彦次が路傍に足をとめて指差した。置屋にしては大きな店だった。戸口は紅殻格《べんがらごう》子《し》の引き戸で、店先には渋い利休色《りきゅういろ》の暖簾が下がり、玉城屋の文字が染め抜かれていた。落ち着いた雰囲気のある店である。だれが弾いているのか、店の奥から三味線の音が聞こえてきた。物憂いようなひびきがある。

「店に踏み込んで訊くわけにはいかんな」

路傍に足をとめたまま刀十郎が言った。

「話の訊けそうなやつが、出てくるのを待ちやすか」

「それしかないな」

ふたりは路地に目をやり、小体な紅屋《べにや》とそば屋の間に人気《ひとけ》のない細い路地があるのを目にして、そこへ入った。路地というより狭い空き地で、店の裏手へまわるために踏み固められただけらしい。

ふたりが紅屋の脇に身を隠して小半刻（三十分）ほどしたとき、玉城屋の暖簾を分けて、若い男が出てきた。弁慶格子《べんけいごうし》の小袖を尻っ端折りし、豆絞りの手ぬぐいを肩にひっかけていた。いかにも、置屋の若い衆といった感じの男である。

「旦那、あっしが訊いてみやしょう」

そう言って、彦次が路地から出た。彦次は、刀十郎が武士の姿で来ていたので若い衆が警戒するとみたようだ。

刀十郎は彦次にまかせることにしたが、すこし遅れて路地から出た。彦次の後方にいて、何かあれば駆けつけるつもりだった。

「兄《あに》い、待ってくれ」

彦次が若い衆の後ろから声をかけた。

「おれかい」

若い衆が足をとめて振り返った。怪訝な顔をしている。見たこともない男から声をかけられたからだろう。

「急いでいるところをすまねえが、ちょいと、訊きてえことがありやしてね」

彦次は、歩きながらでいいですぜ、と言いながら、すばやく懐から巾着を取り出し、一朱銀をつまみ出した。

「お、すまねえ」

若い衆は、一朱銀を手にして相好《そうごう》をくずした。若い衆にとっては、思わぬ実入りだったにちがいない。

「それで、何を訊きてえんだい」

男は、ぶらぶらと表通りの方へ歩きながら訊いた。

「兄いが、玉城屋から出てくるところを見かけやしてね。兄いなら、知ってるんじゃねえかと思って声をかけたんでさァ」

彦次は急に声を落とし、眉宇を寄せて思いつめたような顔をした。

「何かあったのかい」

若い衆も、眉宇を寄せた。彦次の深刻な様子に同調したのかもしれない。軽薄な男のようだが、悪党ではないらしい。

「あっしのたったひとりの妹がいなくなっちまったんで……」

彦次が涙声で言った。短剣投げの名手だが、芝居の方もなかなかである。

「それで？」

「ちょいと耳にしたんだが、ちかごろ、玉城屋に若い娘が何人か連れてこられたそうじゃァねえか。そのなかに、妹もいたんじゃァねえかと思ってな。……おたまって名だが、聞いた覚えはねえかい」

彦次は心配そうな顔をして訊いた。みんな作り話である。

「おたまなんてえ娘《こ》は、いなかったな」

「そんなはずはねえ。おたまは、いたはずだ。兄いは、なんてえ名を耳にしやした」

彦次は、歩きながら若い衆に詰め寄るように身を寄せて言った。

「お、おれが、聞いたのは、お梅とお春……。それに、お菊ってえ娘もいたかな」

若い衆が声をつまらせて言った。

……お春たちは、玉城屋に連れてこられたのだ！

彦次が胸の内で叫んだ。

「おめえの妹だがな、いくつになるんだい」

若い衆が訊いた。

「十五だ」

「それじゃァ、玉城屋《うち》じゃァねえぜ。玉城屋に連れて来られたのは、みんな七つ八つの子供ばかりよ。十五にもなる娘は、ひとりもいなかったぜ」

若い衆が、はっきりと言った。

「そんなこたァねえ。おれの妹は小柄だから、八つぐれえに見えるはずだ」

彦次が食い下がった。まだ、訊きたいことがあったのだ。

「おい、おれも女を見る目はあるぜ。十五になる娘が、七つ八つに見えるはずはねえだろう」

「妹がいるかどうか、顔を見りゃァ分かる。娘たちは玉城屋にいるのかい」

「いねえよ。うちの店にいたのは、三日だけだ。七つ八つの餓鬼をうちの店に置いておいても、使いものにならねえからよ」

若い衆が、すこし足を速めた。彦次が執拗《しつよう》に訊くので、閉口したらしい。

「娘たちは、どこにいるんだい」

彦次が訊きたかったのは、お春たちの行き先である。

「知らねえよ。嘘《うそ》じゃァねえぜ。店の者には行き先が分からねえように、朝暗いうちに駕籠で連れていったらしいからな」

「近所の辻駕籠かい」

さらに、彦次が訊いた。

「おめえ、やけにしつこいな。どこの駕籠屋だか知らねえよ」

若い衆は、おれは行くぜ、と言い残し、小走りになった。

彦次は足をとめた。これ以上、若い衆から聞き出すのは無理だと踏んだのである。後ろから跟《つ》いてきていた刀十郎は彦次に追いつき、

「何か分かったか」

と、訊いた。

「へい、やっぱり、お春とお菊は、玉城屋に連れてこられたようですぜ」

彦次は歩きながら、若い衆から聞き出したことをかいつまんで刀十郎に話した。

「お春たちは、玉城屋に連れてこられたのか」

「まちげえねえ」

「何とか、駕籠で運んだ先をつきとめたいな」

刀十郎が言った。

それから、刀十郎と彦次は玉城屋の近くの紅屋、白粉屋《おしろいや》、そば屋などに立ち寄り、それとなくお春たちが駕籠で運ばれた先を訊いたが、手掛かりになるような話は聞けなかった。

「今日は、これまでにするか」

刀十郎が西の空に目をやって言った。

陽が沈み始めていた。あと、半刻（一時間）もすれば、暮れ六ツ（午後六時）の鐘が鳴るだろう。

「そうしやしょう」

彦次も、そろそろ長屋へ引き上げる頃合だとみたようだ。

ふたりは、門前通りへ出てから手頃なそば屋を見つけて入った。歩きまわって、腹がすいていたのである。


刀十郎と彦次がそば屋を出るのを、通りの斜向かいにあった料理屋の脇から見ている男がいた。痩身で小柄な遊び人ふうの男である。

磯次郎だった。磯次郎は、刀十郎たちがそば屋から離れると、通りへ出た。磯次郎は刀十郎たちを尾け始めた。

まだ門前通りは賑やかで、参詣客や遊山客が行き交っていた。磯次郎は通行人の間を縫うようにして歩いていく。

刀十郎たちは、尾行している磯次郎に気付かなかった。ふたりで話しながら、一ノ鳥居をくぐった。

そこまで尾けてきた磯次郎は何を思ったか、ふいに右手におれ、細い裏路地に入って走りだした。

7

刀十郎と彦次は大川端に出た。

陽は対岸にひろがる日本橋の家並の向こうに沈んでいた。西の空は茜色の夕焼けに染まっている。

大川の川面は夕焼けを映し、無数の波の起伏を刻みながら彼方の江戸湊《みなと》までつづいていた。川面には客を乗せた猪牙舟や荷を積んだ艀《はしけ》などが行き交っていたが、日中にくらべればわずかである。

黒ずんだ川面は海原と一体となり、深い藍色《あいいろ》の空と溶け合っている。

いっときして、暮れ六ツ（午後六時）の鐘が鳴った。西の空の夕焼けは黒ずみ、樹陰や家の軒下には夕闇が忍び寄っていた。

大川端の通りには、まだ、ぽつぽつ人影があった。仕事を終えた出職の職人、大工、船頭、遊びから帰る子供などが、迫りくる夕闇に急かされるように足早に通り過ぎていく。

通り沿いの表店は店仕舞いを始めたらしく、遠近《おちこち》からパタパタと引き戸をしめる音が聞こえてきた。

刀十郎と彦次は、大川端の道を川上にむかって歩いた。永代橋のたもとを過ぎると、前方に油堀にかかる下ノ橋が見えてきた。

下ノ橋のたもとまで来たとき、

「旦那、柳の陰にだれかいやすぜ」

と、彦次が小声で言った。

見ると、橋を渡った先の川岸の柳の陰に人影があった。橋の欄干の先なのでよく見えなかったが、武士らしかった。袴姿で二刀を帯びていることは分かったのである。

「案ずることはあるまい。ひとりだ」

刀十郎は、人影が辰五郎にかかわりのある者で、刀十郎たちの命を狙《ねら》っているとしても、後れをとるようなことはないと踏んだ。どのような遣い手であっても相手はひとりだし、彦次は短剣投げの名手なのだ。

「あっしらを狙ってるやつなら、返り討ちにしてやりまさァ」

彦次が目をひからせて言った。彦次も、臆《おく》した様子はなかった。

刀十郎と彦次は、下ノ橋を渡り始めた。樹陰の武士は動かない。樹陰から刀十郎たちを見ているようである。

……老齢のようだ。

と、刀十郎はみてとった。鬢や鬚の白髪が見えたのである。

そのとき、武士がゆっくりと樹陰から出てきた。武士は、山神泉十郎だった。

「旦那、年寄りですぜ」

彦次が、口元に薄笑いを浮かべて言った。年寄りとみて、侮ったようだ。

……どこかで見たような男だ。

刀十郎はそう思ったが、すぐに思い出せなかった。それに、顔ははっきり見えなかったのだ。

「だ、旦那、もうひとりいる！」

彦次が昂った声で言い、右手を指差した。

店仕舞いした小体な店の軒下に人影があった。こちらも武士である。小袖に袴姿で二刀を帯びている。茶の布で頬っかむりして顔を隠していた。

亀島佐之助だった。むろん、刀十郎たちは亀島の名を知らない。

「待ち伏せのようだ」

刀十郎が言った。

「旦那、あっしがひとり相手しやすぜ」

彦次が懐に手をつっ込んで言った。小袖の下に革袋が下げてあり、そのなかに短剣が入っていたのだ。

「近付くなよ。遠くから、短剣を投げろ」

彦次は敏捷である。相手が遣い手でも、間合さえつめられなければ、斬られるようなことはないはずだ。

橋を渡り終えたとき、刀十郎は前方に立っている老齢の武士をあらためて見て、

……あのときの男だ！

と、気付いた。

両国広小路で、首売りの見世物をしているとき、十文で居合の腕試しをした男で

ある。

……遣い手ぞ。

老齢だが居合の達人である。刀十郎は身震いした。だが、恐怖や怯《おび》えではなかった。強敵と相対したときの武者震いといっていい。

男は両腕を下げたまま通りのなかほどに飄然《ひょうぜん》と立っていた。眠っているような顔をしている。

刀十郎は足をとめた。間合はおよそ三間半。まだ、斬撃《ざんげき》の間境から遠かった。

「おぬし、名は？」

刀十郎が誰何した。

「名か。……わしの名は、そうだな、一両二分だ」

山神が笑いながら言った。

「なに」

思わず、刀十郎は聞き返した。気が触れたのか、と思ったのである。

「名はどうでもいいが、流はな、田宮流居合だ」

山神が笑いを消して言った。刀十郎を見つめた目の奥に切っ先のようなひかりが宿っている。

「おれの流は、真抜流」

「真抜流か。聞いたことのない流だな」

山神はそれ以上訊かなかった。剣の流には、あまり関心がないようだ。

「おぬし、辰五郎の手先か」

刀十郎が訊いた。刀十郎は、老武士が人攫い一味とは思いたくなかったのである。

「手先ではないが……」

山神は、さらに何か言おうとしたが、そんなことは、どうでもいい、と言って、口をつぐんでしまった。言い訳がましくなるので、話したくなかったのだろう。

「さて、まいろうか」

山神は左手を鍔元に添えて鯉口を切り、右手を柄に添えた。

居合腰に沈めると、全身に闘気がみなぎり、すこしまがっていた腰が伸びたように見えた。全身から痺《しび》れるような剣気をはなっている。

刀十郎は抜刀し、青眼《せいがん》に構えてから切っ先を相手の鳩尾《みぞおち》につけた。下段にちかい低い青眼で、刀身はほぼ水平である。

8

彦次は橋を渡ると、すぐに足をとめた。店の軒下から出てきた武士は、まっすぐ彦次の方へむかってきた。

彦次は、懐から三本の短剣を取り出した。二本を左手に、一本を右手に持って振り上げた。三本連続して投げることができる。

そのとき、彦次は武士のいた軒下の脇に、もうひとつの人影があるのに気付いた。町人のようだ。尻っ端折りしているらしく、薄闇のなかで両脛が白く浮き上がったように見えている。

刀十郎と彦次の跡を尾けた磯次郎だった。磯次郎は、浜乃屋の離れにいた山神と亀島に連絡し、先回りしてこの場で待ち伏せていたのだ。この日、亀島も離れにいた。首売り長屋の者があらわれたら、山神とふたりで斬るためである。

「やい、そこでとまれ。それ以上、近付くと命はねえぞ」

彦次が声を上げた。

だが、亀島は足をとめなかった。それどころか、抜刀しざま走りだしたのである。

亀島は八相に構えて、一気に彦次に迫ってきた。

「喰《く》らえ!」

叫びざま、彦次が短剣を投げた。

亀島の胸へ。

タアッ! と気合を発し、亀島が刀身を払った。

甲高い金属音がひびき、彦次の短剣が虚空に飛んだ。みごとな、太刀捌きである。

ヤッ! ヤッ!

彦次が連続して短剣を投げた。

亀島の顔面と胸にむかって、二本の短剣がつづけざまに飛んだ。

亀島は足をとめ、八相から刀身を払い、顔面への短剣をはじいた。だが、二本目の短剣を払い落とす間がなかった。

咄嗟に、亀島は上体を倒すことで短剣をかわそうとした。

が、一瞬間に合わなかった。胸を狙った短剣が、亀島の二の腕をとらえた。上体を倒したことで、腕に当たったのだ。

「お、おのれ！」

亀島は左手で短剣を抜き、足元にたたきつけた。目がつり上がり、顔が憤怒で赭黒く染まっている。

「くるかい。まだ、いくらもあるぜ」

彦次は、懐から三本の短剣を取り出した。懐に忍ばせてきた短剣はそれで終りだった。三本で仕留められなかったら、逃げるしかない。

このとき、刀十郎は山神と対峙《たいじ》していた。まだ、一合もしていなかった。山神が抜刀体勢をとったまま足裏を擂《す》るようにして、ジリジリと間合をせばめてくる。

間合がせばまるにつれ、山神の痩身の体が膨れ上がったように見えた。気魄《きはく》と剣《けん》尖《せん》の威圧で、身構えが大きく見えるのだ。下から突き上げてくるような圧力がある。

刀十郎は気を鎮めて、間合と山神の抜刀の気配を読み取ろうとした。居合の抜きつけの一刀は迅い。斬撃を受けようとしたのでは間に合わない。間合を読み、抜刀の気を読んで先に仕掛けるのである。

間合がせばまるにつれ、山神の全身に気勢が満ち、抜刀の気配が高まってきた。山神の顔が豹変《ひょうへん》していた。双眸が底びかりし、薄い唇が血を含んだように赤みを帯びている。剣鬼の顔である。

刀十郎は、一点にとらわれず山神の全身を見つめていた。そうすると、敵の気の動きが感知しやすいのだ。刀十郎の表情はほとんど変わらなかった。首売りのおり、獄門台から突き出している顔と同じである。

山神との間合が、一足一刀の間境の一歩手前に迫った。そのとき、ふいに山神の寄り身がとまった。

……まだ、遠い！

と、刀十郎が感じた瞬間だった。

山神の全身に抜刀の気がはしり、全身が膨れ上がったように見えた。

タアッ！

鋭い気合を発し、山神が抜きつけた。

抜きつけの一刀が逆袈裟にはしった。

瞬間、刀十郎はかすかに身を引いただけだった。遠間《とおま》からの抜きつけなので、山神の切っ先はとどかないとみたのだ。

　山神の切っ先が、刀十郎の眼前を電光のようにはしった。

一瞬、刀十郎はそのきらめきに目を奪われた。

次の瞬間、山神は刀身を返し、一歩踏み込みざま袈裟に斬り込んできた。

逆袈裟から袈裟へ。神速の太刀捌きである。しかも、二の太刀のおりに一歩踏み込んでいるので、山神の切っ先は刀十郎の肩口をとらえることができる。

刹那、刀十郎は上体を後ろに倒した。体が勝手に反応したのだ。首売りのおりの首を下げる呼吸で、体が山神の斬撃をかわそうとしたのだ。

だが、山神の二の太刀はあまりにも迅かった。

パサッ、と刀十郎の着物が肩から胸にかけて裂けた。山神の切っ先がとらえたのだ。

　咄嗟に、刀十郎は後ろに大きく跳んで、山神の次の斬撃を逃れた。山神も一歩身を引いた。

　ふたりは、ふたたび大きく間合をとって対峙した。

　刀十郎のあらわになった胸に血の線が浮き、ふつふつと血が噴いた。だが、浅手だった。うすく皮肉を裂かれただけである。一瞬、刀十郎が上体を倒したため、深い斬撃を逃れることができたのだ。

「霞飛燕《かすみひえん》……」

山神がつぶやいた。

「霞飛燕とな！」

刀十郎は全身が粟立《あわだ》つのを感じた。驚愕と恐怖である。

刀十郎は霞飛燕がいかなる太刀か察知した。居合の抜きつけの一刀は捨て太刀なのだ。一歩遠間から仕掛け、敵の眼前を斬ることで敵を竦ませ、刀身を返しざま二の太刀を袈裟に斬り込む。そのさい、一歩踏み込んで斬撃の間合に入るのだ。二の太刀が神速なので、居合の抜きつけの一刀よりさらにかわしづらくなる。

……おそろしい剣だ！

刀十郎は、心からそう思った。

「それにしても、よくかわしたな」

山神の物言いはおだやかだった。剣鬼のような表情はぬぐいとったように消えている。口元には、笑みさえ浮いていた。

「もう一手、まいろうかのう」

山神は納刀した。

ふたたび、鯉口を切り、柄に右手を添えて居合腰に沈めた。

山神の顔は好々爺のようにおだやかだった。細い目が笑っているように見えた。

……この男は、真剣勝負を楽しんでいる。

と、刀十郎は感じた。

刀十郎が低い青眼に構え、切っ先を鳩尾につけたときだった。

山神の背後に人影が見えた。四人。川上の方から大声で談笑しながらやってくる。酔っているらしい。印半纏を着て、道具箱を担いでいる男もいるので、いずれも大工らしかった。同じ普請場で働いている大工たちが、仕事帰りに一杯やったのかもしれない。

男たちは、刀十郎たちの方へ近付いてきた。ひとりが、「斬り合いだ！」と叫んだ。刀十郎たちの手にした刀を目にしたようだ。「何人もいるぞ！」「近付くな」などと、男たちが声を上げている。

そのときだった。

「旦那、逃げてくれ！」

と、彦次が叫んで駆けだした。

手にした三本の短剣を遣ってしまったようだ。亀島が八相に構えて、彦次の後を追っていく。右腕の傷は、刀を遣えないほどの深手ではなかったようだ。

「騒がしくなったのう」

そう言って、山神が後じさり、

「引け、勝負はあずけた」

と、小声で言った。

「なに……」

刀十郎は驚いた。状況は山神に利があったのである。

「おぬしとは、存分に立ち合いたいからな。……この場は、勝負をあずけよう」

山神は右手を柄から離すと、刀十郎に背をむけて歩きだした。

数瞬、刀十郎は山神の背を見つめたまま動かなかったが、すぐに川上の方へむかって走りだした。

両国橋のたもとまで来ると、彦次が待っていた。敵刃を受けた様子はなかった。

彦次もうまく逃げられたらしい。

「旦那、やられたんですかい」

彦次が、刀十郎の着物が裂け、血の色があるのを見て、驚いたような顔をした。

「なに、かすり傷だ」

刀十郎が、肩をまわしてみせると、彦次は安心したような顔をした。

彦次は歩きだしながら、

「やつら、人攫い一味ですかい」

と、訊いた。

「そのようだな」

刀十郎は、老武士が人攫い一味とは思えなかった。だが、一味の者と行動を共にしていることはまちがいないだろう。

第四章　監禁

1

「迂闊に深川へは行けんな」

宗五郎が渋い顔で言った。

宗五郎の家に、刀十郎、彦次、権十、飛助、それに仙太の顔もあった。仙太は、たまたま宗五郎に右足を診てもらうために来ていたのである。

刀十郎と彦次が大川端で襲われた翌日だった。刀十郎はそのときの様子を話すために、権十にも来てもらったのだ。

初江の姿はなかった。男たちが集まるとき、初江は気を利かせて、刀十郎の家へ行くのだ。初江には、小雪とふたりだけで話したい気持ちもあるようだ。

「その年寄り、それほどの遣い手なのか」

権十が驚いたような顔をして訊いた。

刀十郎が、浅手だが袈裟に斬られたと聞いたからである。

「居合の遣い手だが、霞飛燕なる剣を遣う」

刀十郎は、その太刀捌きを子細に話した。宗五郎や権十が、立ち合うこともあるかもしれないと思ったのである。

「やくざ者たちとはいえ、容易な相手ではないな」

宗五郎が腕を組んだ。

「だが、このまま手をこまねいてみていたのでは、お春は取りもどせませんし、長屋の者たちも商売に歩けなくなります」

刀十郎が言った。

「もっともだ」

「襲われるのを待つより、こっちから攻めたらどうです」

権十が言った。

「攻めるとは？」

「こっちから襲って、やつらを始末するんです」

権十が言うと、

「そいつはいいや」

と、飛助が声を上げた。後ろで、右足を投げ出したまま話を聞いていた仙太までが、それがいい、と口を添えた。

「いい手かもしれませんよ。一味の主だった者は分かっているし、居所もあらかたつかんでいる」

刀十郎が、辰五郎の賭場、浜乃屋、玉城屋などを挙げた。なかでも、賭場を見張れば、一味の主だった者が姿を見せるのではあるまいか。

「よし、賭場を見張ろう。……だが、用心しないと、おれたちが返り討ちに遭うぞ」

宗五郎が目をひからせて言った。

刀十郎たちは、明日から賭場を見張ることにした。そのさい、辰五郎一味に気付かれないように変装して行くこと、ひとりではなく数人で見張ることなどを打ち合わせた。首売り長屋の連中にとって、変装は御手の物だった。芸人たちが多く住んでいたので、長屋をまわれば衣装から小道具、紅白粉まで何でもそろう。

翌日、刀十郎は彦次とにゃご松を連れ、深川へむかった。とりあえず、辰五郎の賭場を見張るつもりだった。

一方、権十は飛助とひとり相撲の雷為蔵《かみなりためぞう》を連れて、浜乃屋を見張ることになった。

ひとり相撲とは、広小路や寺社の門前などで褌ひとつになり、ひとり二役で相撲の名勝負を演じてみせる大道芸である。雷為蔵は、雷電為右衛門《らいでんためえもん》からとった名で、長屋の者ですら本名を知らなかった。

為蔵は巨漢で、赤ら顔の鬼のような風貌《ふうぼう》の主だが、心根は優しかった。これまでも、お春を救い出すために率先して動いていたのである。

刀十郎は虚無僧《こむそう》に身を変え、天蓋《てんがい》をかぶって顔を隠した。彦次は黒の半纏に股引姿、道具箱をかついで大工に身を変え、にゃご松は雲水の姿で網代笠《あじろがさ》をかぶった。

三人は、すこし離れて歩いた。虚無僧、大工、雲水の三人がそろって歩いていたのでは、人目を引くのである。

辰五郎の賭場は、入船町にあると聞いていた。これまで、首売り長屋と講釈長屋の者たちが深川で聞き込んで分かったのである。ただ、刀十郎たち三人は、賭場のある場所までは知らなかった。

刀十郎たちは富ケ岡八幡宮の門前通りを歩き、入船町へ入った。前方に掘割にかかる汐見橋《しおみばし》が見えたところで、刀十郎は足をとめた。路傍に身を寄せていっとき待つと、後続の彦次とにゃご松が近付いてきた。

「賭場は、汐見橋を渡った先だと聞いてますぜ」

彦次が道具箱をかついだまま言うと、

「近くに木置場があるそうでさァ」

と、にゃご松が言い添えた。

深川のこの辺りは貯木場や木挽場《こびきば》などが多く、江戸湊が近かったので、風のなかに潮と木の香りがただよっていた。

「橋を渡ってからだな」

刀十郎たちは汐見橋を渡った。通り沿いは表店がつづき、人通りは多かった。通りの先にある洲崎弁天社《すざきべんてんしゃ》に参詣に行く客もいるようだった。

「ちょいと、あっしが訊いてきやしょう」

彦次がそう言い残し、通り沿いにあった古着屋へ入った。店先につるしてある古着が、風に揺れている。

しばらく待つと、彦次がもどってきた。

「分かったか」

刀十郎が訊いた。

「へい、この先に酒屋がありやしてね。その脇の路地を入った先だそうでさァ」

彦次によると、店の親爺《おやじ》はなかなか賭場のことを口にしなかったという。もっともである。迂闊に賭場のことなど話せば、お上に知れて、どんなとばっちりを受けるか分からないのである。

「あっしが、壺《つぼ》を振る真似をしやしてね、ちょいと、遊びてえんだ、と親爺の耳元で言うと、おれは覗いたこともねえが、賭場らしい家なら知っていると言って、やっと口にしたんでさァ」

彦次が言い添えた。

「ともかく行ってみよう」

二町ほど歩くと、小体な酒屋があった。軒先に酒林《さかばやし》が下がっていた。店先で酒を飲ませるらしく、長床几《ながしょうぎ》に腰を落として飲んでいる船頭ふうの男がいた。その酒屋の脇に、細い路地があった。

刀十郎たちは、すこし間をとって路地に入った。

寂しい路地だった。近くに店屋はなく、空き地や笹藪などが目についた。すこし歩くと、先に路地に入った彦次が笹藪の陰に身を隠して、刀十郎たちが来るのを待っていた。

「旦那、あれですぜ」

彦次が半町ほど先にある仕舞屋《しもたや》を指差した。

板塀でかこわれた妾宅《しょうたく》ふうの家で、人目を忍ぶように建っていた。裏手は竹藪で、左右は空き地になっている。賭場には、いい場所である。

「どうしやす」

彦次が訊いた。

「賭場に踏み込むわけにはいかないな」

刀十郎は空を見上げた。

陽は西の空にまわっていたが、陽射しが強かった。七ツ（午後四時）ごろであろうか。

「どうだ、そばでも食ってこないか」

刀十郎が言った。まだ、夕餉には早かったが、長丁場にそなえて腹ごしらえをしておこうと思ったのである。

「そうしやしょう」

刀十郎たちは、その場を離れて表通りへもどった。

2

刀十郎たちが、笹藪の陰にもどったのは、暮れ六ツ（午後六時）すこし前だった。陽は、西の家並の向こうに沈みかけ、西の空は夕焼けに染まっていた。まだ、上空は青く、昼間の明るさが残っている。

「賭場が、ひらくころですぜ」

彦次が小声で言った。

笹藪の先の路地は、板塀をめぐらせた仕舞屋までつづいていた。辰五郎の手下や賭場の客たちは、その路地を通るはずである。

「ここで、待とう」

刀十郎たちは笹藪の陰で待つことにした。

しばらくすると、陽は家並の向こうに沈み、空が藍色に深まってきた。笹藪の陰に夕闇が忍び寄っている。

笹藪の前の路地を、男がひとり、ふたりと足早に通り過ぎていく。船頭らしい男、大工、商家の旦那ふうの男、牢人など、賭場の客らしい男たちである。

辰五郎の手下らしい遊び人ふうの男も通った。だが、いずれも三下《さんした》らしい若い男だった。

「旦那、めぼしいやつが姿を見せやすかね」

にゃご松が、小声で言った。網代笠を取っていたので、目のあたりだけが薄闇のなかに白く浮き上がったように見えた。目かずらを取ったので、陽に灼けていない目のまわりが目立つのだ。

「おい、来たぜ！」

そのとき、彦次が声を殺して言った。

見ると、路地の先に人影があった。ふたり。ひとりは武士だった。小袖に袴姿で、二刀を帯びている。もうひとりは、遊び人ふうの町人だった。

ふたりは、淡い夕闇のなかをこちらに向かって歩いてくる。

「旦那、あっしとやり合ったやつだ！」

彦次が昂った声で言った。

刀十郎も、すぐに分かった。大川端で待ち伏せしていた武士のひとり、亀島である。町人は磯次郎だった。このとき、刀十郎たちは、亀島と磯次郎の名を知らなかった。

「どうしやす」

彦次が訊いた。

「やつらを仕留めよう」

刀十郎は、ふたりとも辰五郎の腹心ではないかと思った。ふたりを仕留めれば、一味の戦力は大きく落ちるはずである。それに、うまくすれば、お春たちの監禁場所を聞き出すことができるかもしれない。

「おれが、武士をやる。彦次とにゃご松で、町人を頼む」

「合点だ」

彦次が応えると、にゃご松もうなずいた。ただ、にゃご松は武器は持っていないし、闘いにはあまり役に立たない。離れたところから、石でも投げるしかないだろう。

ふたりの男は、何か話しながら近付いてきた。ほかに、人影はない。それに、多少声を出しても賭場まではとどかないはずだ。

刀十郎が抜いた。薄闇のなかで、刀身が藍色を帯びた空の色を映じて青白くひかっている。

ふたりが、笹藪の近くまで来たとき、刀十郎が飛び出した。ザザッ、と笹藪を分ける音がひびいた。虚無僧姿の刀十郎が亀島に迫っていく。

彦次とにゃご松が後につづいた。

「な、何者だ！」

亀島が驚いたような顔をして誰何した。虚無僧姿だったので、刀十郎と分からなかったようだ。

刀十郎は無言で亀島に急迫した。八相に構えた刀身が、夕闇のなかをすべるように亀島に迫っていく。

「お、おのれ！」

亀島が抜刀した。

刀十郎は走り寄りざま斬り込んだ。

八相から袈裟へ。鋭い斬撃である。

咄嗟に、亀島が刀身を撥ね上げて、刀十郎の斬撃をはじいた。だが、無理な体勢から刀を振り上げたため腰がくだけて、後ろへよろめいた。

刀十郎はすかさず踏み込み、
タアッ！

と短い気合を発しざま、真っ向へ斬り込んだ。

にぶい骨音がして亀島の額が割れ、血と脳漿が飛び散った。亀島の顔が奇妙にゆがみ、後ろへよろめいた。悲鳴も呻き声も聞こえなかった。額が柘榴《ざくろ》のように割れ、眼球が飛び出したように見えた。

亀島は後ろへよろめき、踵《かかと》を草株にでもひっかけたらしく尻餅《しりもち》をつき、そのまま横に倒れた。

横臥《おうが》した亀島は動かなかった。すでに、絶命しているようである。額から流れ落ちる血が叢に当たって、カサカサと音をたてていた。

刀十郎は、彦次たちに目を転じた。

磯次郎が、ヒイヒイと喉を鳴らしながら道沿いの叢を這って逃げていた。右足を引きずるようにしている。短剣が右の太腿《ふともも》に刺さっていた。彦次の投げた短剣が当たったらしい。

彦次とにゃご松が、逃げる磯次郎の背後から走り寄っていく。

刀十郎も磯次郎のそばに走った。

「やい、じたばたするな！」

にゃご松が、後ろから磯次郎の肩口をつかんで押さえ込んだ。

彦次と刀十郎が、磯次郎の脇に身を寄せた。

「笹藪の陰へ連れていこう」

刀十郎は、磯次郎から話を聞きたいと思った。賭場へつづく路地の近くでは、辰五郎の子分の目にとまるだろう。

「立ちな」

彦次が、手にした短剣を磯次郎の首筋につけた。

だが、磯次郎は地面に這い蹲った格好のまま動かなかった。ヒイヒイと悲鳴とも喘鳴《ぜんめい》ともつかぬ声を洩らしている。

「立たなけりゃァ、この場で突き殺すだけだぜ」

彦次が言い、

「死にてえのか！」

にゃご松が、磯次郎の襟首をつかんで引っ張ると、磯次郎は身を顫わせながら立ち上がった。

3

「おまえの名は？」

刀十郎が、切っ先を磯次郎の首筋に突きつけて訊いた。

「……………」

磯次郎は、恐怖に顔をゆがめたまま口をつぐんでいる。

路地から離れた笹藪の陰だった。そこは夕闇が深く、刀十郎たち三人の目だけが、藪のなかで獲物を狙う獣のように底びかりしていた。

磯次郎は叢の上にへたり込んでいた。太腿の傷は深いらしく、格子縞《こうしじま》の単衣の太腿のあたりが、どっぷりと血を吸っている。

「話す気になれんか」

言いざま、刀十郎が切っ先を引いた。

ヒイイッ、と磯次郎が首を伸ばし、凍りついたように身を硬くした。首筋に血の線が浮き、タラタラと血が流れ落ちた。刀十郎がうすく皮肉を裂いたのだ。

「次は首を落とす」

刀十郎が抑揚のない低い声で言った。磯次郎を見すえた刀十郎の顔には、いまにも斬首しかねない凄みがあった。

「やめろ！」

「おまえの名は？」

「い、磯次郎」

磯次郎が声を震わせて言った。顔が紙のように白くなっている。

「辰五郎の手先だな」

「…………」

磯次郎は返事の代わりにちいさくうなずいた。

「お春やお菊を攫ったのは、おまえたちだな」

「し、知らねえ……」

「いまさら隠しても、どうにもならぬ。七兵衛がみんな吐いたのだ」

刀十郎が言うと、磯次郎が肩を落としてうなずいた。

「いっしょにいた牢人は」

「亀島佐之助さま……」

「なに、亀島か。すると、大川端で、喜八を斬った男だな」

刀十郎は、亀島が大川端で喜八を斬ったらしいことを七兵衛から聞いていた。

「そ、そうだ」

「なぜ、喜八を斬ったのだ」

「く、くわしいことは知らねえが、大川端でそいつに出会《でくわ》してしつこく訊かれ、面倒になったので斬ったと言ってやした」

磯次郎が声を震わせながら言ったことによると、駕籠でお春を連れ去った後、亀島だけ大川端に残り、駒形堂近くにある馴染みの料理屋で一杯飲んだようだ。その後、大川端を歩いているとき、喜八と出会ったらしいという。

「そうか。……ところで、攫った娘たちだが、どこへ連れていったのだ」

刀十郎が声をあらためて訊いた。

「そ、それは……」

磯次郎は口ごもった。辰五郎に強く口止めされているのだろう。

「玉城屋から駕籠で連れ出されたことは分かっている。……その先のことが知りたい」

刀十郎が、ふたたび切っ先を磯次郎の首筋に当てて訊いた。

「し、品川宿だ」

「品川宿だと」

思いもしなかった遠方である。

「親分の息のかかった女郎屋だ」

「なんという店だ」

「そこまでは知らねえ。おれは、行ったことがねえんだ」

「うむ……」

　刀十郎は、品川へ出向いて探れば分かるだろうと思った。品川宿は、東海道の宿場のなかでも飯盛り女や女郎の多いことで知られた宿場だが、深川ほどではないはずだ。土地の者に訊けば、分かるだろう。

「もうひとつ訊く。仲間に年寄りの武士がいるな」

　刀十郎が訊くと、磯次郎がうなずいた。

「名は？」

「山神泉十郎さまだ」

「牢人か」

　刀十郎は山神の名を知らなかった。

「そ、そうだ……」

「住まいはどこだ」

「ふだん、浜乃屋の離れにいる。……お、親分の用心棒だ」

「やはり、用心棒か」

　刀十郎は、いずれ山神と勝負を決するときがくるだろうと思った。

そのとき、刀十郎の脇にいたにゃご松が、

「七つか八つの娘たちを攫えと言ったのは、辰五郎なのか」

と、訊いた。顔に怒りの色がある。

「そうよ。いまは、客をとれねえが、器量のいい娘は何年かすりゃァとびっきりの上玉になる。百両や二百両の金はすぐに稼ぐぜ」

磯次郎の口元に薄笑いが浮いたが、すぐに消えた。

「前から、娘たちを攫っていたのか」

「いや、親分はそこまではやらなかった。七兵衛たち女衒は、やってたかもしれねえがな。……親分の腹んなかには、深川のすべてを縄張《しま》にし、本所、浅草まで手をひろげようってえ気があったのよ。そうなりゃァ、女郎屋も増やす。上玉はいくらでもいる。それで、器量のいい娘を集めておこうと考えなすったようだ」

磯次郎がしゃべった。気が昂ってきて、口が軽くなったのかもしれない。

「熊造を殺ったのも、そのためかい」

彦次が訊いた。

「そうよ。熊造は片付けちまったから、深川は入船の親分の縄張よ」

「そう、思いどおりにはならぬ」

刀十郎が磯次郎を見すえて言った。

刀十郎たちが口をつぐむと、磯次郎が、

「旦那、これで、勘弁してくだせえ。……あっしは、辰五郎親分と縁を切って、足を洗いやすから」

と、上目遣いに刀十郎を見て言った。

「それより、おれが冥途《めいど》へ送ってやろう」

言いざま、刀十郎が手にした刀を一閃《いっせん》させた。

濡れ雑巾でたたくような音がし、磯次郎の首が前に垂れた。次の瞬間、磯次郎の首根から血が赤い帯のようにはしった。

首の血管《ちくだ》から血が奔騰《ほんとう》したのだ。心ノ臓の鼓動に合わせ、血は三度音をたてて勢いよく噴き出した。

磯次郎は首を垂らしたまま死んだ。刀十郎が喉皮だけを残して斬首したのである。

首根から血がタラタラと流れ落ちている。

「かわいそうだが、生かしておけんからな」

生かしておけば、すぐに辰五郎に事情を話すだろう。そうすると、刀十郎たちがお春たちを助け出す前に、品川から別の場所に移されることになるのだ。

磯次郎は血振り《ちぶ》り（刀身を振って血を切る）をくれてから納刀した。

笹藪の陰は夜陰につつまれていた。磯次郎は首を前に垂らして尻餅をつき、片足を前に出した格好のまま死んでいた。血の濃臭が、磯次郎の身辺にただよっている。

「今夜は、これまでだな」

刀十郎が笹藪の陰から出ると、彦次とにゃご松が後につづいた。

4

翌朝、首売り長屋の者たちは品川宿にむかった。刀十郎、権十、彦次、にゃご松、為蔵、飛助、それに宗五郎の姿もあった。これまで、宗五郎は長屋に残ることが多かったが、わしも行こう、と言い出し、一行にくわわったのである。宗五郎の胸の内には、一刻も早くお春たちを助け出したい強い気持ちがあったのだろう。

宗五郎たちは払暁《ふつぎょう》に首売り長屋を出て、日本橋から東海道を南にむかった。

風のない晴天だった。刀十郎たちは、ふたり、三人と別れて歩いた。刀十郎と宗五郎はしんがりについた。

京橋を過ぎ、芝口橋（新橋）を過ぎて、しばらく歩くと、左手につづく大名屋敷の先に江戸湊の海原が見えてきた。

空と海がひろがり、彼方の水平線で青一色になっている。その海原を、白い帆を張った大型の廻船《かいせん》が品川沖へむかってゆっくりと航行していく。

「いい陽気だな」

宗五郎が目を細めて言った。

「いつも、義父上は長屋にこもりっきりですからね。たまには、初江どのとふたりで、出かけるといいですよ」

刀十郎が海原に目をやって言った。

「そういえば、初江に、いっしょに連れていってくれ、とせがまれたよ。まったく、遊山にでも行くと思ってるのだからな」

宗五郎が渋い顔で言ったが、目は笑っていた。ふだんは目にしない風光明媚《ふうこうめいび》な地を眺めながら街道を歩いていると、浮き立った気持ちになるのだろう。

「今度の件がうまく始末できたら、おふたりで箱根に湯治にでも出かけたらどうです」

刀十郎が言った。

「そうするかな」

ふたりは、そんなやり取りをしながら歩いた。

やがて、右手の家並の先に増上寺の杜《もり》と堂塔が折り重なるように見えてきた。増上寺の門前を過ぎ、新堀川にかかる金杉橋を渡ると芝である。街道は、海岸沿いをたどるようにつづいている。

さらに街道を南にむかって歩き、高輪《たかなわ》を過ぎると、前方右手に桜の名所として知られる御殿山が迫ってきた。

「そろそろ品川宿ですよ」

刀十郎が声をかけた。

御殿山ちかくから品川宿にさしかかる。品川宿は街道沿いに、北から品川徒行《かち》新《しん》宿《じゅく》、品川北本宿、品川南本宿に分かれていた。

徒行新宿に入る手前の街道脇の樹陰で、先行した権十や彦次たちが待っていた。

刀十郎と宗五郎が近付くと、

「どうします」

権十が訊いた。品川宿に入る前に、手筈を相談しておくつもりらしい。

「品川宿はひろい。分かれて聞き込もう」

宗五郎が言うと、

「七ツ（午後四時）ごろ、この先の品川橋で落ち合うことにしたらどうです」

と、刀十郎が言い添えた。

品川橋は、目黒川にかかっていた。品川宿のなかほどに位置している。品川橋を境にして品川北本宿と品川南本宿とに分かれていた。

「それがいい」

宗五郎が言った。

刀十郎と権十が、聞き込みの場所を徒行新宿、北本宿、南本宿とに分け、男たちを割り振った。

刀十郎と宗五郎は、南本宿を当たることになった。ふたりは、権十たちと分かれると、品川宿を南にむかった。

南本宿は賑わっていた。街道を行き来する大勢の旅人、雲水、巡礼、駕籠かき、駄馬を引く馬子、それに遊山客なども交じっていた。

品川宿は飯盛り女の多いことで知られ、江戸から近いこともあって、わざわざ女郎を求めて江戸市中から足を運んでくる男がすくなからずいたのである。江戸の男たちの間で、吉原の北狄《ほくてき》(江戸の北に位置していた)に対し、品川宿は南蛮《なんばん》と呼ばれていた。

刀十郎たちは品川橋のたもとまで来ると、

「まず、腹ごしらえをしようではないか」

と、宗五郎が言い出した。

「そうですね」

すぐに、刀十郎も同意した。まだ、昼を過ぎて間もないが腹がへっていた。朝が早かったからであろう。

街道沿いを見まわしたが、手頃な店がなかった。近くに荒物屋があったので、店先にいた親爺に訊くと、一町ほど南に行ったところに小体なそば屋があるという。

さっそくふたりは南にむかった。そば屋はすぐに分かった。店先に暖簾が出ている。

暖簾をくぐるとすぐに、小上がりになっていた。旅人らしい男がふたり、座敷でそばをたぐっていた。

刀十郎たちが小上がりに腰を落ち着けると、すぐに店のあるじらしい年配の男が注文を訊きに来た。

ふたりは酒とそばを頼んだ後、

「ちと、訊きたいことがあるのだがな」

と、宗五郎が小声で言った。

「なんです」

親爺が無愛想な顔で言った。歳は五十がらみ。ゲジゲジ眉で、唇がやけに分厚い。悪相の主である。

「あるじは、この宿場に長いのか」

「餓鬼のころから、この宿場にいやしたぜ」

物言いが乱暴である。

宗五郎と刀十郎は武士体で来ていたが、店の親爺はふたりを痩せ牢人とみて、軽んじているのかもしれない。

「それなら、宿場のことにはくわしいな」

宗五郎は親爺の態度など気にもせずに訊いた。

「宿場のことで知らねえことはねえが、お侍さんたちは、何が訊きたいんだい」

親爺の顔が、さらに無愛想になった。

すると、宗五郎は手早く懐から財布を取り出し、一朱銀をつまむと、

「とっとけ」

と言って、親爺に握らせてやった。

「これは、これは……」

とたんに、親爺の態度が変わった。満面に愛想笑いを浮かべ、腰を低くして揉み手を始めた。

「わしらふたりは、旅人ではない。日本橋からわざわざやってきたのは、吉原の女に飽きてな、すこし遠出をしてみようということになったわけだ」

宗五郎が声をひそめて言った。

「さようでございますか。そういうお方は、たくさんいらっしゃいますよ」

言葉遣いまで、変わった。

「いい女のいる店を、教えてもらいたいのだがな」

宗五郎は、まだ財布を握っていた。いい話が聞ければ、もうすこしはずんでもよい、と匂わせているのだ。

「はい、はい、飯盛り女の粒がそろっているのは、田島屋《たじまや》、黒沢屋《くろさわや》、利根屋《とねや》……。それに、佐川屋《さがわや》も、なかなかですよ」

親爺が旅籠《はたご》屋の名を口にするのを、

「待て、待て」

と言って、宗五郎がさえぎり、

「わしらは、飯盛り女を抱きに来たのではない。……この歳になって、飯盛り女を抱く気にはなれんからな」

と、親爺の方に首を伸ばして小声で言った。

「ごもっともで……」

親爺が、宗五郎の顔を見て言った。年寄りに飯盛り女を抱く元気はない、とみたのかもしれない。

「わざわざここまで足を延ばして来たのは、ちかごろ可愛い娘《こ》が、何人か品川宿に連れてこられたと耳にしたからだ」

宗五郎が、さらに声をひそめた。

「可愛い娘ですかい」

親爺が、首をひねった。宗五郎が何を言っているのか、咄嗟に理解できなかったらしい。

「まだ、七つ八つの娘でな。人形のように可愛いと聞いたのだ」

「七つ八つの娘……」

親爺が目を丸くしたままつぶやいた。

「あるじは聞いておらんか。子供のような娘が四、五人、品川宿に連れてこられた話を……」

宗五郎は手にした財布をしまいかけた。

「そ、そりゃァ旦那、大津屋《おおつや》に来た娘のことじゃァねえんですか」

親爺が慌てて言った。

「大津屋というのは？」

「表向きは料理屋ですがね、上玉をそろえた女郎屋でさァ」

品川宿では名の知れた店で、旅人だけでなく、江戸からわざわざ女郎を抱きに来る客もいるという。

「子供のような娘が、四、五人連れてこられたというのは、その店か」

宗五郎が訊いた。

「そうでさァ。ですが、旦那、まだその娘《こ》は抱けませんよ。まだ、七つ八つの子供らしいからね」

親爺の話によると、深川の遊廓から送られてきた娘たちで、四、五年大津屋の女郎のそばにおいて、男の相手ができるようになってから深川の店にもどされるという。

話を訊いた刀十郎は、

……お春たちが連れてこられたのは大津屋だ。

と、確信した。

「わしは、子供でいいんだが、だめかな」

宗五郎ががっかりしたように言った。

「旦那、大津屋には、若い人形のように可愛い女もいやすから、旦那でも楽しめますよ」

そう言って、親爺はそっと宗五郎の前に手を出した。

「だめなのか。……あるじ、そば代をはずむことにしよう」

そう言って、宗五郎は財布をしまってしまった。

親爺は不服そうな顔をしたが、そば代をはずむという言葉に期待したのか、何も言わずに板場の方へもどった。

5

「刀十郎、あの店らしいな」

宗五郎が、路傍に足をとめて斜向かいの店を指差した。

そこは、街道から路地に入ってすぐの場所だった。二階建ての大きな料理屋である。戸口は格子戸で、暖簾に大津屋の文字が染め抜かれていた。

宗五郎たちは腹ごしらえをした後、そば屋の親爺から聞いた場所に来ていたのだ。

「ここに娘たちを隠していたのですね」

刀十郎が言った。

「ほとぼりが覚めるまでな。……四、五年すれば、娘たちも女として使えるようになる。それまで、品川宿に隠すつもりなのだ」

宗五郎が顔をけわしくして言った。

「どうします」

「ともかく、品川橋へもどろう。そろそろ約束の刻限だろう」

刀十郎たちふたりは、その場を離れた。

品川橋のたもとに、権十とにゃご松が待っていた。まだ、彦次、為蔵、飛助の姿はなかった。それでも、刀十郎たちが橋のたもとに立ってすぐ、彦次たち三人が小走りにやってきた。

男たちがそろうと、宗五郎がすぐに、

「お春たちが連れてこられた店が知れたぞ」

と言って、大津屋のことを口にした。

すると、彦次が、

「あっしらも、大津屋のことを聞きましたぜ」

と切り出し、聞き込んだ話として、大津屋のあるじの久兵衛《きゅうべえ》は若いころ深川に住み、顔を利かせていた地まわりだったらしいと言い添えた。

「久兵衛は、辰五郎の子分のひとりにまちげえねえ」

飛助が声を大きくして言った。

「お春たちは、大津屋にいるとみていいようだ」

宗五郎が男たちに視線をまわして言った。

「踏み込みやすか」

「いま、踏み込むことはできん」

大津屋には、大勢の客がいるはずである。宗五郎たちが踏み込んで、刀をふるうようなことにでもなれば、店のなかは蜂の巣をついたような騒ぎになるはずだ。そうなると、かかわりのない客に怪我をさせることにもなるし、肝心のお春たちを助け出すのがむずかしくなるだろう。

「客を装って、入《へえ》りやすか」

彦次が声を落として訊いた。

「そうしよう。……ただし、今夜は客を装って店に入り、なかの様子を探るだけだ。踏み込むのは、明日の未明がいいだろう」

宗五郎が言った。

未明なら店はしまり、奉公人たちも眠っているはずである。流連《いつづけ》の客もいるだろうが、客と女郎は床に入っている。それに、宿場の朝は早く、旅籠《はたご》などは暗いうちから動きだすので、多少の物音をたてても不審に思う者はいないはずだ。

「これから、大津屋で女を抱くんですかい」

彦次が目をひからせて言うと、にゃご松や飛助たちが口元に薄笑いを浮かべて顔を見合わせた。

「大勢で行ったら怪しまれるぞ。ふたりで十分。……そうだな、彦次と飛助に頼むか」

権十と為蔵は巨漢で目立つ。にゃご松は法衣で来ていたし、目のまわりだけ白くなっていた。店の者が奇異の目で見るはずである。刀十郎と宗五郎は牢人体なので、店の者が警戒するかもしれない。となると、彦次と飛助が適任ということになる。

「ヘッヘヘ……。あっしらふたりで、じっくり探ってきやすぜ」

飛助が鼻の下を長くして言った。

「店の者に気付かれるなよ。それに、できたら、お春の居場所を探ってきてくれ」

宗五郎が顔をけわしくして言うと、

「承知しやした」

と、彦次がニヤけた笑いを消して言った。

「ところで、金はあるのか」

宗五郎が訊いた。

「それが、二朱ほどしか……」

飛助が照れたような顔をして首をすくめた。

「二朱では足りんな」

宗五郎は財布を取り出し、これを使え、と言って、ふたりに三両ずつ手渡した。

「ありがてえ！」

飛助が小判を手にしてニンマリした。

それから、宗五郎たちは、今夜落ち合う場所を決めた。品川橋を二町ほど南に歩くと、右手に古い山門があった。その先に、こんもりした杜にかこまれた古刹《こさつ》があったので、そこに集まることにした。古刹を見ておいたのは権十だった。権十は、ひそかに集まる場所が必要になると思い、聞き込みの間に探しておいたらしい。

「腹ごしらえをして、夜が更けたらその寺に集まってくれ」

宗五郎が一同に視線をまわして言った。

深い闇の帳《とばり》が下りた寺の境内は、夜の静寂《しじま》につつまれていた。頭上には星がかがやいていたが、杉や欅の杜にかこまれているため、月光が遮られて闇が深いのである。

無住の寺ではないらしく、本堂の脇の庫裏《くり》にかすかな灯の色があった。住職が暮らしているのであろう。

刀十郎と宗五郎は、本堂の階《きざはし》に腰を下ろしていた。まだ、権十やにゃご松の姿はなかった。宿場の料理屋か酒屋で、腹ごしらえをかねて一杯やっているのかもしれない。

「夜が更けてきましたね」

刀十郎が言った。

「そろそろ、四ツ（午後十時）になるのではないかな」

庫裏に灯が点《とも》っていたので、まだそれほど遅くはないはずである。

それから、いっときして庫裏の灯が消えた。辺りの闇がさらに深くなったように感じられた。

さらに半刻（一時間）ほど過ぎたとき、山門の方から足音が聞こえ、権十、にゃご松、為蔵の三人が姿を見せた。三人とも酒臭かったが、酔ってはいなかった。明日のことを考え、酒は喉を湿す程度にひかえたのだろう。

「すこし、横にならんか。本堂があくぞ」

宗五郎が権十たちに言った。

ここへ来てからすぐ、本堂の板戸があくのをたしかめておいたのだ。暗くてなかの様子は分からなかったが、横になれるだけの床はありそうだった。

「そうするか」

宗五郎たち五人は、板戸をあけて本堂に入った。

本堂のなかは漆黒の闇につつまれていた。黴臭《かびくさ》いじめじめした空気におおわれている。正面に壇が設えられ、手前に経机《きょうづくえ》、木魚《もくぎょ》、鉦《かね》などの仏具が置かれていたが、その先は深い闇のためにまったく見えなかった。

宗五郎たちは、本堂の床板の上に横になった。根太《ねだ》が軋《きし》んだが、落ちるようなことはなかった。寝心地は悪かったが、地面に横になるよりましである。

どれほどの時が過ぎたのか、本堂に近付いてくる足音を聞いて、刀十郎が身を起こした。宗五郎や権十たちもすぐに立ち上がった。眠っている者はいなかったようだ。

刀十郎たちは、すぐに本堂から出た。

かすかに黒い人影が識別できた。彦次と飛助である。

「どうだ、店の様子は」

宗五郎が訊いた。

「お春たちは、店にいるようですぜ」

彦次が言うと、

「奥の座敷に、閉じ込められているようでさァ」

と、飛助が言い添えた。

ふたりが交互に話したことによると、それぞれについた敵娼《あいかた》が、女児が五人いることはほのめかしたという。

「五人がどこにいるのかは、口にしねえんでさァ。それで、あっしが厠《かわや》を探すふりをして店の奥へ行ってみたんで――」

飛助によると、奥に襖《ふすま》を立てた座敷があったのであけようとすると、通りかかった若い衆が、そこに入っちゃァいけねえ、子供部屋だ、と言って、追い返されたという。

「お春たちが閉じ込められているのは、その座敷ですぜ」

飛助が言い添えた。

「二階の奥だな」

宗五郎が念を押すように訊いた。

「へい」

飛助が目をひからせてうなずいた。

6

いる。

品川宿は夜の帳《とばり》につつまれていた。満天の星で、十六夜《いざよい》の月が皓々《こうこう》とかがやいている。

宗五郎たちは山門をくぐると、人影のない宿場を大津屋にむかって歩いた。朝の早い旅籠屋のなかには、客を送り出す準備を始めたところもあるらしく、かすかに灯《ひ》の色があり、物音も聞こえた。

「まだ、払暁までには、間がありますね」

刀十郎が、東の空に目をやって言った。

東の空は暗くとざされ、陽の色は見られなかった。

「なに、すぐに明ける。旅籠が動きだしているからな」

宗五郎が、歩きながら言った。

いっとき歩くと、大津屋のある路地の入り口に着いた。付近の店は表戸をしめ、夜陰のなかに沈んでいる。

路地に入ると、大津屋が見えてきた。戸口の掛け行灯に灯が点っていた。辺りをぼんやりと照らしている。

店はひっそりと静まっていた。店は夜陰につつまれていたが、かすかに灯の色もあった。廊下の掛け行灯の灯かもしれない。

宗五郎が路地に足をとめ、

「すこし、待とう」

と、小声で言った。

空が明らんできてから踏み込みたいらしい。店に踏み込んで、廊下や部屋の障子ぐらい識別できないと、立ち往生してしまうからだ。

それから小半刻（三十分）ほど経つと、東の空が明らんできた。こころなし、星のかがやきもうすれてきたようである。街道沿いの旅籠から、戸をあけしめする音や人声などもかすかに聞こえてきた。これだけ明るくなれば、店のなかの闇も薄らいでいるはずである。

「踏み込むぞ」

宗五郎が言った。

大津屋の格子戸はしまっていた。刀十郎が戸に手をかけて引いたが、あかなかった。心張り棒がかってあるようだ。

「おれが、あける」

権十が懐から手鉄甲を取り出して嵌《は》め、格子戸の前に立った。

「音がするぞ」

言いざま、権十が手鉄甲を嵌めた拳《こぶし》を格子戸へ突き出した。

バリッ、という大きな音がひびき、格子が破れた。権十の手が格子戸のなかにめり込んでいる。

権十はすばやく破れた格子を剝ぎ取り、手をつっ込んだ。心張り棒をはずしたらしい。戸に手をかけて引くと、すぐにあいた。

宗五郎たち七人は踏み込んだ。店のなかには仄《ほの》かな明るさがあった。廊下の掛行灯の灯らしい。

土間の先が、板敷きの間になっていた。右手に二階へ上がる階段がある。左手が帳場になっているらしかった。右手には奥へつづく廊下もあった。

「廊下の先ですぜ」

飛助が言って、板敷きの間に踏み込んだときだった。

障子をあける音がし、廊下を慌ただしく走る複数の足音が聞こえた。店の者たちらしい。権十が戸を破ったときの物音を耳にし、様子を見に出てきたのだろう。

姿を見せたのは、若い衆だった。ふたり。寝間着の裾を後ろ帯に挟んで、両脛をあらわにしていた。

「て、てめえたちは、盗人か！」

小柄な男が、ひき攣ったような声を上げた。

もうひとりの男が、奥へむかって、

「盗人だ、押し入って来たぞ！」

と、叫んだ。どうやら、刀十郎たちを盗賊と思ったようだ。

刀十郎と権十は板敷きの間に踏み込むと、すぐにふたりの男の方へ走った。

刀十郎は走りざま抜刀し、峰に返して低い八相に構えた。権十は、手鉄甲を嵌めた手をふりかざしている。

「た、助けて！」

小柄な男が悲鳴を上げて、奥へ逃げようとして反転した。

そこへ、刀十郎が踏み込み、低い八相から刀身を横に一閃させた。

ドスッ、と皮肉を打つにぶい音がし、小柄な男の上半身がかしいだ。刀十郎の峰打ちが、男の脇腹を強打したのだ。刀十郎は、殺すことはない、と思ったのである。

男は唸り声を上げ、脇腹を押さえてうずくまった。肋骨《あばらぼね》でも折れたのであろう。

権十はもうひとりの男に追いすがり、後ろ襟をつかんで引き倒した。仰向けに倒れた男の脇にまわると、手鉄甲を嵌めた手ですばやく、男の腹を一撃した。

グッ、と喉のつまったような呻き声を上げ、男は大の字に手足を伸ばした格好で動かなくなった。失神したらしい。

「奥だ！」

宗五郎が声を上げた。

男の怒号、女の悲鳴、床を踏む音などが店のあちこちから聞こえてきた。店先の騒ぎで起きだしたらしい。

そのとき、廊下の先の障子があき、叫び声を上げながら黒い人影が飛び出してきた。三人。いずれも寝間着姿だった。裾を後ろ帯にはさんでいる。

「あそこだ！」

ひとりが叫んだ。

三人は、どたどたと床を踏み、戸口の方へ走ってきた。匕首を手にしている者がひとりいた。にぶくひかっている。咄嗟に、近くに置いてあった匕首を手にして飛び出してきたのだろう。

刀十郎と権十が先になり、宗五郎たちがつづいた。

「やろう!」

匕首を手にした男が叫びざま、匕首を突き出した。

すかさず、刀十郎が刀を横に払って匕首をはじいた。一瞬の反応である。

勢い余った男は、匕首を前に突き出した格好で脇に泳いだ。

バサッ、という大きな音がし、障子が桟ごと破れ、男は頭から障子につっ込んだ。

そのまま障子は座敷に倒れ、男は悲鳴を上げながら畳を這って逃げた。

暗闇のなかで、キャッ! という女の悲鳴が上がり、何人かの女が夜具から這い出し、太腿や胸をあらわにして部屋のなかを逃げ惑った。闇のなかで、白い肌と派手な衣装が揺れ動いている。そこは女郎の寝部屋らしかった。

ふたりの男は、悲鳴を上げながら廊下の奥へ逃げた。

刀十郎たちは廊下を奥に走った。

「この先の突き当たりですぜ」

飛助が後ろで叫んだ。

廊下は別の廊下に突き当たっていた。横に延びた廊下に面して襖をたてた座敷があった。お春たちは、そこに閉じ込められているようだ。

ガラリ、と刀十郎が襖をあけた。

なかは薄暗かったが、明り取りの窓があり、ぼんやりと見てとれた。夜具が何枚か延べてあり、その夜具の隅に娘たちが集まり、肩を寄せ合って顫えていた。五人いる。いずれも、色白の女児であった。まだ、島田髷ではなく、前髪を飾り布で結んだり、中剃《なかぞ》りを残して芥子《けし》坊《ぼう》を銀杏髷にしたりしている。

刀十郎はお春の顔を目にし、

「お春か！」

と、声をかけた。

お春は丸く目を瞠《みひら》いて刀十郎を見つめていたが、

「首売りの小父《おじ》ちゃん……」

と、小声で言って、助けを求めるように細い両手を前に差し出した。

「長屋に帰ろう。おっかさんに会わせてやるぞ」

そう言って、刀十郎が座敷に入ると、お春は立ち上がって泣き声を上げた。

刀十郎はお春を抱き上げてやった。ちいさくて、暖かな体だった。刀十郎の首に両腕をまわしてしがみついている。

「みんな、おとっつァんやおっかさんの許へ帰してやるぞ」

宗五郎が、やさしい声で他の女児たちに言った。

すると、四人の女児がいっせいに声を上げて泣き出した。まだ、子供なのである。

「さァ、おぶされ」

権十が屈んで、大きな背を女児たちの方へむけた。

すると、一番の年嵩《としかさ》と思われる女児が、権十の背中に体をあずけて首に手をまわした。為蔵、にゃご松、飛助も女児を背負った。

「引き上げるぞ」

宗五郎が声を上げた。

廊下沿いの障子や襖があき、店の奉公人、若い衆、女郎と思われる女などが覗いていた。どの顔もこわばり、恐怖で身を顫わせている。

宗五郎たちに抵抗する者はいなかった。刀十郎たちが盗人ではなく、攫った娘たちを助けに来た男たちだと分かったようだ。それに、先に宗五郎たちに立ち向かった若い衆が歯がたたなかったので、怖くて手が出せなかったのだろう。

宗五郎たちは、いそいで店の外に出た。だいぶ明るくなっていた。東の空が曙《あけぼの》色《いろ》に染まり、路地の家並は輪郭と色彩を取りもどしている。あちこちから、引き戸をあける音や人声などが聞こえてきた。宿場が動きだしたようである。

宗五郎たちは街道を出る前に、女児たちを背から下ろした。いかつい男たちが、集団でか弱い女児を背負って歩く姿は異様である。それこそ、人攫いと思われかねない。

「駕籠に乗せてやるからな」

宗五郎が女児たちに言った。

品川宿は賑わっていた。旅籠を出立《しゅったつ》した旅人が歩き、客を送り出す女中の声、駕籠かきの掛け声、駄馬の嘶《いなな》きなどが絶え間なく聞こえてくる。

第五章　小屋の攻防

1

「おまえさん、おくめさんが笑ったんですよ」

小雪が急須で茶をつぎながら言った。

朝餉の後、刀十郎は小雪と茶を飲んでいたのだ。

刀十郎たちが、品川宿の大津屋からお春たち五人を助け出して五日が経っていた。お春はおくめの許に帰され、いま母子でいっしょに暮らしている。お菊は岸田屋に、他の三人もそれぞれ両親の待つ家に帰されていた。

岸田屋の惣右衛門はたいそう喜び、堂本をとおして宗五郎にあらためて百両もの礼金を渡した。他の三人の娘の親たちからも、それなりの礼が宗五郎の許にとどけられた。

宗五郎は、手にした礼金を刀十郎たちをはじめ長屋の者たちに分配した。長屋の住人が力を合わせたからこそ、お春たちを取り返すことができたのである。

亭主が殺され、お春を連れ去られたおくめは、いっとき気が触れたように泣きわめいていたが、小雪や初江など長屋の女房連中が交替でおくめに付き添い、励ましつづけたことで、元気を取りもどしかけていた。そこへ、お春が無事に帰ってきたのである。

おくめは、娘が無事に帰ってきたことで、暗く沈んでいた顔に笑みが浮かぶようになったようだ。

「そのうち、義父上や座頭が、母子《ふたり》の暮らしが立つように考えてくれるだろう」

刀十郎は、湯飲みに手を伸ばして言った。座頭とは、堂本竹造のことである。

「大津屋は、何もしなかったの」

小雪が訊いた。

「何もできなかったのだ。……自分の首を絞めるようなものだからな」

大津屋が騒ぎ、宿役人にでも知れれば、娘たちを攫ったことがばれてしまう。大津屋としては、秘匿《ひとく》するより他になかったのである。

「これで、始末がついたのね」

小雪がほっとしたように言った。

「どうかな」

刀十郎は、これで済んだとは思わなかった。攫われた娘たちは助け出したが、辰五郎も山神も残っていた。辰五郎たちがこのまま手をこまねいて見ているとは思えなかった。

刀十郎が茶をすすって一息ついたとき、戸口に小走りに近付いてくる下駄の音が聞こえた。

すぐに、腰高障子があき、初江が顔を覗かせた。

「刀十郎さん、うちの旦那が呼んでますよ」

初江が言った。

「何かあったのか」

「座頭が見えてるんです」

堂本が長屋に来たようである。

「分かった。すぐ行く」

刀十郎は立ち上がった。

初江はそのまま刀十郎の家に残った。男たちの話があるとき、初江は家をあけるようにしていた。狭くて、座る場所がないせいもあったが、男たちが気兼ねなく話ができるように気をきかしたのである。

堂本は上がり框に腰を下ろして茶を飲んでいた。初江が淹れたのであろう。宗五郎は堂本の脇に座していた。ふたりの顔には、屈託の色があった。いい話ではないのかもしれない。

「刀十郎、ここに腰を下ろしてくれ」

宗五郎が、自分の脇に手をむけた。

刀十郎がその場に膝を折ると、

「厄介なことになりましてな」

と、堂本が言った。

「何かあったのですか」

「広小路の小屋が荒らされ、木戸番の与八《よはち》が刺されましてね」

堂本によると、昨夕、小屋がはねてから数人のならず者が強引に木戸から小屋に押し入ろうとした。たまたま、木札を片付けていた与八が、ならず者たちを小屋に入れまいとして立ちふさがったという。

「ならず者のひとりが、いきなり匕首を取り出して与八の脇腹を刺したようです」

「それで、与八の具合は？」

宗五郎が訊いた。

「昨夜、仁泉《じんせん》先生に診てもらったんですが、かなり重いようでして、心配してるんです」

仁泉というのは、町医者だった。創傷《きりきず》の治療では、評判のいい医者である。

堂本によると、それだけでは済まず、舞台の幕を切り裂いたり、小屋をかこっている筵や菰《こも》などを剝ぎ取ったり、さんざん小屋を荒らしたという。

「ならず者たちだが、堂本座に恨みでもあったのかな」

刀十郎は、ただの嫌がらせではないような気がした。

「辰五郎の手下ですよ」

堂本が低い声で言った。

「辰五郎か！」

刀十郎は、辰五郎ならやりかねない、と思った。

「これで済めば、どうということはないが、これでは済まないでしょうね」

「まだ、手を出してくるとみているのか」

宗五郎が訊いた。

「くるでしょうね。娘たちを取り返された仕返しだけではないようですよ。堂本座をつぶしにかかっているのかもしれません」

堂本の顔には憂慮の翳《かげ》があった。

「堂本座をつぶすだと」

宗五郎が顔をしかめた。

「辰五郎にすれば、このままでは顔が立ちませんし、相手が堂本座の軽業師や芸人たちとなれば、一座をつぶさないことには、始末がつかないとみたのかもしれません」

「うむ……」

宗五郎が腕組みをして、低い唸り声を上げた。

刀十郎は堂本の言うとおりだと思った。そして、堂本座や首売り長屋に住む者た

ちを守るためには、

……辰五郎を始末するしかない。

と、思った。

刀十郎がそのことを話すと、

「わたしも、辰五郎を始末するしかないとみてましてね。実は、おふたりにそのことを頼みに来たんですよ」

堂本が刀十郎と宗五郎に顔をむけて言った。

「やるしかないようだ」

刀十郎が低い声で言うと、宗五郎もうなずいた。

刀十郎の胸の内には、山神泉十郎との決着をつけたい気持ちもあったのである。

2

翌日から、刀十郎たちは動いた。辰五郎を討つために動向を探るつもりだったが、堂本座も心配だった。辰五郎たちは、さらに小屋に何か仕掛けてくるのではないかとみたからである。

そこで、首売り長屋の戦力を二手に分けた。刀十郎、彦次、飛助たち数人が深川にむかい、宗五郎、権十、にゃご松たち数人の男が、堂本座の小屋を守ることにした。

小屋を守る者たちは、小屋の楽屋に寝泊まりすることになった。日中、小屋をあけて客が入っているとき襲われることはないだろう。襲われるとしたら、夕方か明け方である。そのため、小屋に寝泊まりすることにしたのである。

一方、刀十郎たちは変装し、三人ほどでまとまって深川へ行くことにした。深川は辰五郎の縄張である。刀十郎たちが探っていることに気付けば、大勢で襲って返り討ちにしようとするはずなのだ。ひとりで深川を歩くのは危険である。

だが、先に仕掛けてきたのは、辰五郎たちだった。宗五郎たちが小屋の楽屋に泊まるようになって、三日目だった。

早朝、まだ暗い内に、宗五郎は座頭の堂本に起こされた。ふだん、堂本は小屋に泊まらず、浅草茅町にある家から堂本座に通っていたが、宗五郎たちが小屋に寝泊まりするようになってから、

「わたしも、しばらく小屋に泊まる」

と言って、宗五郎たちと同じように小屋に泊まるようになったのだ。

堂本座の小屋は丸太を組み、まわりに筵や菰などを張って、風や雨露を凌ぐようになっていた。小屋の大部分は舞台と客席だが、裏手には芸人や軽業師のための楽屋があった。筵を垂らして部屋を区切り、床は板張りになっていた。そこに、演《だ》し物《もの》に使う小道具や衣装などが置いてあり、出演者のなかには寝泊まりする者もいたのだ。

「島田どの、起きてください！」

堂本が、寝ている宗五郎の耳元で声をかけた。堂本は座頭で、首売り長屋の家主だが、宗五郎を、島田どのとか島田の旦那、と呼んでいた。宗五郎が武士だったからである。

「どうした」

むくり、と宗五郎が立ち上がった。

「うろんな男が、何人も小屋を取りかこんでいます」

堂本の声は、震えを帯びていた。堂本が早口にしゃべったことによると、尿意をもよおして小屋の外に出たとき、人影に気付いたという。

「よし！」

宗五郎はすぐに、傍らに置いていた刀を手にした。いつでも闘えるように、小袖に袴姿で寝ていたので、着替える必要はなかった。

宗五郎は、小屋をかこっている筵の隙間から外を覗いてみた。まだ、外は暗かった。東の空は明らんでいたが、空には星がまたたいている。ふだんは大勢の通行人が行き交っている広小路にも、人影はなかった。

「向かいの床店や大川端の柳の陰に……」

堂本が声をひそめて言った。

見ると、向かいにある床店の陰に人影があった。三、四人いる。いずれも町人のようだが、はっきりしない。

小屋の右手の大川端に目をやると、川岸で枝葉を茂らせている柳の陰に三人いた。

……武士がいる！

ふたりは武士だった。袴姿で刀を差しているのが分かった。牢人らしい。ふたりとも総髪だった。それに、大刀を一本だけ、落とし差しにしている。

「小屋を襲う気だぞ」

男たちの狙いは堂本座だ、と宗五郎は察知した。小屋を破壊し、寝泊まりしている座員たちを斬殺するつもりではあるまいか。

「楽屋にいる者を起こしてくれ」

そう言うと、宗五郎は自分でも他の楽屋に飛び込み、寝ている権十たちを揺り起こした。

「敵か！」

権十は、すぐに跳ね起きた。

「七、八人いる。にゃご松たちを起こせ。手筈どおりだ」

宗五郎が言った。

「承知」

権十は、同じ楽屋内に雑魚《ざこ》寝《ね》していたにゃご松や為蔵たちを起こした。

「だ、旦那、辰五郎の手下たちですかい」

にゃご松が、目をこすりながら訊いた。

「そのようだ。いいか、間をとって闘えよ。危なくなったら逃げるんだ」

宗五郎が、起き上がった男たちに言った。

にゃご松たちには、七、八尺の竹竿が用意してあった。竹槍のように先はとがっていなかったが、その竹棒で突いたりたたいたりして応戦することになっていた。危なくなったら逃げるのである。

この間に、堂本も楽屋で寝ていた座員たちを起こした。総勢十人ほどいるはずだった。座員たちも、にゃご松たちと同じように竹竿や棒で、迎え撃つことになっていた。人数は圧倒的に多いので、辰五郎の手下たちもてこずるはずである。

「き、来たぞ！」

筵の間から覗いたにゃご松が声を上げた。

見ると、床店と川岸の柳の陰にいた男たちが、まとまって小屋の方に近付いてくる。辺りが明るくなるのを待っていたようだ。総勢七人である。牢人がふたり。遊び人ふうの男が五人。遊び人ふうの男たちのうち三人が、長脇差を差していた。あとのふたりは、匕首を手にしている。まるで、やくざの喧嘩《でいり》のようである。

男たちはすこし前屈みの格好で、足音を忍ばせて小屋に近付いてきた。身辺に殺気立った雰囲気がある。

宗五郎は、小屋に入れると面倒だと思った。竹竿を使う男たちはひろい方が闘いやすいし、小屋のなかで闘うと小屋が壊されてしまう。

宗五郎は筵を撥ね上げ、

「行け！」

と、声を上げた。

宗五郎と権十が飛び出し、にゃご松や座員たちも筵を撥ね上げて次々に飛び出した。

ワアッ！　と甲走った声を上げ、合戦時の槍隊よろしく、長い竹や棒の先を前に突き出して男たちに向かっていく。

姿を見せた男たちは、足をとめて立ちすくんだ。思いも寄らぬ攻撃だったらしい。顔がこわばり、戸惑うように視線が揺れた。

「殺っちまえ！」

男たちの後方にいたひとりが怒鳴った。この男は、峰吉だった。ここに来た辰五郎の子分たちのなかでは兄貴格だったのである。

宗五郎と権十は、ふたりの牢人に向かって走った。ふたりさえ斃《たお》せば、辰五郎の手下たちも逃げ散るとみたのである。

「かかってこい!」

大柄な牢人が、吼えるような声で叫んで抜刀した。眉の濃い、頤の張った男だった。目が血走り、ひらいた口から牙《きば》のような歯が覗いている。

宗五郎は八相に構え、一気に大柄な牢人に迫った。老いてはいたが、宗五郎には剣の遣い手らしい凄みと威圧があった。

宗五郎の喉元にむけられた大柄な牢人の切っ先が揺れた。宗五郎の果敢な寄り身と威圧に圧倒されたらしい。

……それほどの腕ではない。

と踏んだ宗五郎は、一気に仕掛けた。

イヤアッ!

裂帛《れっぱく》の気合を発し、八相から袈裟へ。

オオッ! と声を上げ、牢人が刀を振り上げて宗五郎の斬撃を頭上で受けた。

だが、一瞬遅れ、しかも腕だけで宗五郎の強い斬撃を受けたために、押されて刀身が下がった。

宗五郎の刃《やいば》が、牢人の額に食い込んだ。

ギャッ！

凄まじい絶叫を上げ、牢人がよろめいた。

額から血が迸《ほとばし》り出た。顔が赤い布で覆われたように真っ赤に染まっていく。

すかさず、宗五郎は踏み込み、牢人に二の太刀《たち》をあびせた。

袈裟へ。

ザクリ、と牢人の肩から胸にかけて着物が裂けた。あらわになった肌に血の線が浮き、ふつふつと血が噴いた。牢人は、獣の咆哮《ほうこう》のような呻き声を上げてたたらを踏むようによろめいた。

宗五郎は牢人を追わなかった。すでに闘う余力はないと踏んだのだ。宗五郎は権十に目をやった。

権十も勝負がついていた。相対している牢人の顔が、恐怖にゆがんでいた。右肩が下がり、手にした刀の切っ先が足元に垂れている。権十に投げ飛ばされ、肩から落ちて、関節がはずれたのかもしれない。

権十が手鉄甲を構えて前に出ると、牢人は後じさった。腰が引けている。

……権十が後れをとることはない。

と、みてとった宗五郎は、にゃご松たちのそばに走った。

こちらも、にゃご松や座員たちの方が圧倒的に優勢だった。長脇差や匕首を持った男ひとりを、長い竹竿や棒を持った男たちが三人ほどで取りかこんで打ち据えているのだ。にゃご松たちは、ワア、ワア、と喚声を上げ、夢中で竹竿や棒をふるっている。

そこへ、宗五郎が走り寄った。長脇差を手にした男の脇に身を寄せると、すぐに切っ先をむけた。

男はひき攣ったような悲鳴を上げ、一目散に逃げだした。

これを見た峰吉が、

「逃げろ！」

と叫んで、駆けだした。他の三人も先を争うように逃げていく。

ワアアッ！

やった！　やった！

にゃご松や座員たちが手にした竹竿や棒を突き上げたり、足を踏み鳴らしたりして歓声を上げた。

「辰五郎の手下たちは、追い返したぞ」

宗五郎が、集まった男たちに視線をまわして言った。

3

宗五郎の家である。座敷に集まっているのは、宗五郎、刀十郎、権十、彦次、飛助、それに堂本の姿もあった。

宗五郎たちが、峰吉たちを追い返した日の夕方だった。

「だがな、これで、辰五郎が堂本座から手を引くとは思えん」

宗五郎が言い添えた。

「てまえも、このままでは済まないとみてましてね。次は、別の手を打ってくるでしょう。観客を装って小屋に入り、舞台で暴れるとか、人気の芸人を呼び出して手を出すとか……。小屋に火を点けることまではやらないでしょうが、何をしてくるか分かりません」

堂本の顔には憂慮の翳が濃かった。

「辰五郎を始末するしか手はないな」

刀十郎が言うと、

「わしも、そうみている。……どうだ、辰五郎を討てそうか」

宗五郎が訊いた。

堂本たち四人の目も、刀十郎にむけられている。

「賭場の帰りを討つしかないとみています」

刀十郎たちは深川へ出向き、辰五郎の動向を探っていたのだ。

辰五郎は、あきらかに刀十郎たちに襲われることを警戒していた。寝泊まりする家を連日のように変えていたし、身辺には数人の手下のほか、三人ほど用心棒をおいていた。用心棒は金で雇った徒牢人《いたずらろうにん》らしい。ときには、山神もくわわることがあった。

「辰五郎が連日のように顔を出すのは賭場です。それに、賭場を出るのは暮れ六ツ(午後六時)過ぎてからですから、狙いやすい」

刀十郎は賭場の客から聞き出したことを話した。

辰五郎は、賭場をひらく前に集まった客たちに挨拶をした後、小半刻(三十分)

ほど客たちの勝負の様子などを見てから、後は代貸《だいがし》にまかせて賭場を出ることが多いという。

「賭場を出るときも、手下たちがいるのか」

宗五郎が訊いた。

すると、黙って聞いていた飛助が、

「手下は七、八人いやすぜ。町筋を歩くときより、多いようでさァ」

と、口をはさんだ。

「牢人者は？」

「いつも、三人ついていやす」

「山神もいっしょだな」

「それが、山神は賭場には行かないようです。……手下が多いせいでしょうか。それに、辰五郎は賭場へ連日のように行ってますから、そこまでついてまわる気になれないのかもしれません」

刀十郎が言った。

いっとき、宗五郎は視線を虚空にとめて黙考していたが、

「狙うなら、賭場の帰りだな」

と、低い声で言った。

「早く始末をつけるには、それしかないでしょうね」

刀十郎も、機会をみて賭場の帰りを狙うつもりでいたのだ。


翌日、陽が西の空にまわってから、刀十郎たちは猪牙舟で深川にむかった。舟を用意したのは堂本である。

舟には、刀十郎、宗五郎、権十、彦次、為蔵、飛助、にゃご松の七人が乗った。艫《とも》で櫓を漕ぐのは、飛助だった。

刀十郎は飛助とにゃご松に、辰五郎の手下たちと闘うときは手を出すな、と言ってあった。下手に手を出すと、手下たちに返り討ちに遭うからである。

ただ、為蔵には、闘いにくわわってくれと話してあった。巨漢で強力の為蔵は長い丸太を用意していた。丸太を振りまわせば、手下も近寄れないだろうと踏んだのである。

刀十郎たちの乗る舟は、大川の川面をすべるように下っていく。

「牢人者が三人いるようだが、わしと権十とで相手をする。刀十郎は辰五郎を狙え」

宗五郎が言った。

「承知しました」

辰五郎を討つことが狙いだった。手下や牢人者を斬っても、辰五郎に逃げられたのではどうにもならないのだ。

舟は永代橋をくぐると、水押《みおし》を深川へむけた。深川の町並を左手に見ながら、舟は大川の河口の陸沿いを進み、熊井町の町並がとぎれたところで左手の掘割に入った。掘割をたどると、入船町まで行くことができる。

やがて、舟は富ケ岡八幡宮の門前を過ぎて入船町に入った。

前方に汐見橋が見えてきたところで、

「舟を着けやすぜ」

飛助が声を上げ、舟を船寄に着けた。

すぐに、刀十郎たちは舟から下りた。そして、飛助が舟を杭《くい》につなぐのを待ってから通りへ出た。

「こっちでさァ」

先にたったのは、彦次だった。彦次は、何度か賭場の近くに身を隠して、辰五郎の動向を探っていたのだ。

汐見橋を渡ったところで、刀十郎が、

「まだ、すこし早いかな」

と、空を見上げて言った。

陽は西の家並の向こうに沈みかけていたが、空は青く、夕日が家並の間から射し込んでいた。通りを行き交う人の姿も多く、表店には客がたかっていた。

辰五郎が賭場から出て来るのは、暗くなってからである。いまから、近くに身を隠していたのでは、手下に見つけられる恐れがあったのだ。

「ここから、近いのか」

宗五郎が訊いた。

「もうすぐです」

「それなら、腹ごしらえをしていくか」

刀十郎たちは、通り沿いにあった一膳めし屋でいっとき過ごし、腹ごしらえをしてから店を出た。

入船町の表通りは淡い暮色に染まっていた。表店も店仕舞いし、行き交う人の姿もまばらである。

「酒屋の脇の路地を入った先でさァ」

そう言って、彦次が左手に折れた。

刀十郎たちは、路地沿いの笹藪の陰に身を隠した。以前、刀十郎たちが賭場を見張った場所である。

「あれが、賭場です」

刀十郎が、板塀でかこってある仕舞屋を指差して宗五郎に言った。

仕舞屋から淡い灯《ひ》が洩れていた。賭場はひらいているらしい。すでに、辰五郎たちは賭場に入っているとみていいだろう。

4

刀十郎たちが、笹藪の陰に身をひそめて小半刻（三十分）ほど過ぎた。辺りの夕闇が濃くなり、笹藪の陰は深い闇につつまれている。

賭場につづく路地を、ひとり、ふたりと男たちが通り過ぎていった。賭場の客である。ときおり、賭場から出てくる男もいた。いずれも肩を落としている。博奕《ばくち》に負けて、金がつづかなくなったのであろう。

「辰五郎は、賭場にいるかな」

宗五郎が、つぶやくような声で言った。

「いるとみてますが……」

刀十郎にも、確信はなかった。これまでの聞き込みや張り込みで、辰五郎はほぼ連日のように賭場に姿を見せることは分かっていたが、今日は来ていないかもしれない。

「あっしが、見てきやしょうか」

脇で聞いていた飛助が言った。

「賭場を覗くのか」

「そこまではしねえ。板塀の近くまで行きゃァ、なかの声が聞こえますさァ」

飛助は、賭場の声を聞けば、辰五郎が来ているかどうか見当がつくと言い添えた。

「気付かれるなよ」

「へい」

すぐに、飛助はその場を離れた。

飛助は笹藪の陰や樹陰をたどって、仕舞屋をかこった板塀に近付いていく。その名のとおり、身軽で動きは敏捷である。

飛助は路地からすこし離れた板塀の陰に身を寄せた。路地から姿を見られない場所を選んだらしい。

いっときすると、飛助がもどってきた。

飛助は、宗五郎と刀十郎のそばに身を寄せると、

「いやすぜ」

と、言った。飛助によると、子分が、親分と呼んだのを耳にしたという。

「よし、待とう」

宗五郎が低い声で言った。

しばらくすると、仕舞屋をかこった板塀の切り戸があき、提灯の灯が夕闇を照らした。その灯のなかに、黒い人影が浮かび上がった。何人もいる。

「出てきたようですよ」

刀十郎が言った。

「よし、手筈どおりだぞ」

宗五郎が、近くに身をひそめている権十やにゃご松たちに声をかけた。

刀十郎は闘いの支度を始めた。支度といっても袴の股だちを取り、刀の下げ緒で両袖を絞るだけである。

提灯の灯がしだいに近付いてきた。男たちの談笑の声と足音が、はっきりと聞こえてきた。

「九人だな」

宗五郎が小声で言った。

提灯の明りに浮かび上がった姿から、人数を読んだらしい。辰五郎の他に手下や用心棒が八人いるようだ。

辰五郎は提灯を手にした男のすぐ後ろにいた。顔は見えなかったが、恰幅がよく羽織に小袖姿なので、それと分かった。辰五郎のすぐ脇に大柄な男がいた。辰五郎の右腕の稔造である。

牢人体の男は三人いた。辰五郎のすぐ後ろについている。いずれも、刀を落とし差しにしていた。徒牢人のようである。

辰五郎たちが近付いてきた。足音と談笑の声が、しだいに大きくなってきた。

刀十郎と宗五郎が抜刀した。すでに、権十は両手に手鉄甲を嵌め、彦次は懐から短剣を出して手にしている。為蔵は六尺ほどの丸太を握りしめ、目をつり上げていた。

「行くぞ！」

宗五郎が声を上げた。

ザザザッ、と笹藪が揺れ、刀十郎たちが飛び出した。

「だ、だれだ！」

稔造が叫んだ。

提灯が揺れ、刀十郎たちの黒い人影を舐めるように照らしだした。刀十郎と宗五郎の手にした刀が、提灯の灯を映じて淡くひかっている。

「芸人たちだ！」

辰五郎が怒鳴った。

揺れる提灯の灯のなかを、辰五郎の子分たちが怒号を上げながら交錯した。逃げる者はいない。迎え撃とうとする者と、辰五郎を守ろうとする者とに分かれたようだ。

三人の牢人は、辰五郎の前に立った。すでに、抜刀して身構えている。いずれも、初めて見る顔である。

刀十郎は八相に構え、辰五郎に迫った。宗五郎と権十も、辰五郎の前に立った牢人に向かって走った。

彦次は手下たちにむかって短剣を投げた。為蔵は間をとり、獣の吼えるような声を上げて丸太を振りまわしている。

刀身のはじき合う音、怒号、悲鳴、雑草を踏み倒す音などがひびき、男たちの黒い影が交錯した。

いきなり、刀十郎は前に立った痩身の牢人に、

イヤアッ！

裂帛の気合を発して斬り込んだ。それほどの遣い手ではないとみたのである。

走りざま、八相から袈裟へ。たたきつけるような強い斬撃だった。

咄嗟に、牢人が刀身を撥ね上げて斬撃を受けた。

チャリン！

夜陰に青火が散り、金気が流れた。

次の瞬間、牢人が後ろへよろめき、辰五郎の鼻先まで行って足をとめた。辰五郎は慌てて後じさった。恐怖と興奮で、目をつり上げている。

「どけ！」

叫びざま、刀十郎が二の太刀を牢人の真っ向へふるった。神速の太刀捌きである。

瞬間、牢人は刀身を振り上げて、刀十郎の斬撃を受けようとした。だが、間に合わなかった。

刀十郎の一撃が、牢人の真っ向をとらえた。

壺を割るようなにぶい骨音がし、牢人の頭が縦に割れた。次の瞬間、血と脳漿が飛び散り、顔が血まみれになった。柘榴のようである。

牢人の体が大きく揺れ、腰からくずれるように転倒した。叢に伏臥した牢人は動かなかった。呻き声も息の音も聞こえない。即死である。頭部から流れ落ちる血の音が、妙に生々しく聞こえた。

「よ、よせ！」

辰五郎が恐怖に顔をゆがめて後じさった。

「親分、逃げてくれ！」

稔造が刀十郎の前に飛び出してきた。

匕首を手にして身構え、切っ先を刀十郎にむけた。目が血走り、全身にいまにも飛びかかってきそうな気配があった。猛獣を前にした狼のようである。

5

このとき、宗五郎は大柄な牢人と対峙していた。間合は三間ほど。ゆったりとした身構えで、切っ先を牢人の目線につけていた。隙のない大きな構えである。

老いてはいたが、宗五郎は真抜流の達人だった。道場主として刀十郎に指南していたほどの腕である。

「おい、刀より杖《つえ》でも使ったらどうだ」

牢人が口元に揶揄するような笑いを浮かべて言った。闇につつまれていたせいもあって、牢人には宗五郎の腕のほどが分からなかったらしい。

「おぬし、杖で頭を割られる方がよいのか」

宗五郎はつぶやくような声で言い、するすると間合をつめた。

一気に、斬撃の間境に踏み込んできた宗五郎の剣尖の威圧に押され、牢人の剣尖が浮いた。この一瞬の隙を、宗五郎がとらえた。

タアッ!

鋭い気合とともに踏み込んだ。

青眼から袈裟へ、閃光がはしった。

迅い!

おそらく、牢人には宗五郎の太刀捌きは見えなかっただろう。わずかに、刀身のきらめきを目にしただけにちがいない。

瞬間、牢人は恐怖を感じて後じさったが、宗五郎の斬撃をかわすことはできなかった。

ザックリ、と肩から胸にかけて裂けた。

一瞬、裂かれた皮肉が見えたが、次の瞬間、傷口から血が奔騰した。牢人は絶叫を上げてよろめいた。肩から胸にかけて、真っ赤に染まっている。

牢人はたたらを踏むようによろめいた後、足を踏ん張って体勢をたてなおしたが、刀を構えることはできなかった。右腕がだらりと垂れている。肩を深く抉られ、腕が垂れたまま動かなかったのである。

「た、助けてくれ……」

牢人は恐怖に顔をゆがめて後じさった。左手で刀をつかんでいたが、刀身は下がったままである。

宗五郎は、大柄な牢人にかまわなかった。

……この男は、闘えぬ。

と、みたからである。

宗五郎は、刀十郎と権十に目をやった。刀十郎は遊び人ふうの男に切っ先をむけていた。男は匕首を手にして身構えている。その男の後ろに、辰五郎らしき男がいた。もうひとりの男が、刀十郎の左手にまわり込もうとしていた。長脇差を手にしている。辰五郎の手下らしかった。

一方、権十は牢人と対峙していた。牢人の切っ先が大きく揺れていた。腰も引けている。牢人の頰に血の色があった。権十の手鉄甲で殴られ、皮膚が破れたのかもしれない。

……権十が後れをとることはない。

と踏んだ宗五郎は、刀十郎の方へ走った。

そのとき、ギャッ！　という絶叫が上がり、大きく提灯の灯が揺れ、一瞬暗くなったが、すぐに叢のなかで炎が上がり、辺りを照らしだした。提灯を手にした手下が、為蔵の丸太で殴られ、提灯を投げだしたらしい。叢に落ちた提灯が燃え上がったのだ。

宗五郎は炎の明りのなかを走った。

刀十郎は稔造に切っ先をむけていた。間合は、およそ三間半。まだ、一足一刀の間境の外である。

ザッ、ザッ、と音がした。刀十郎が爪先で路傍の雑草を分けながら間合をつめ始めたのだ。刀十郎は、左手にまわり込んできた小柄な男にも気をくばっていた。長脇差を前に突き出すように構えている。すこし腰が引けていたが、目が血走り、捨て身で斬り込んでくる気配があった。

そこへ、宗五郎が駆けつけた。

「わしが、相手だ」

宗五郎は、すぐに切っ先を小柄な男にむけた。

「老いぼれは、ひっ込んでろ！」

小柄な男が、歯を剝き出して叫んだ。猿のような顔である。

宗五郎は切っ先を小柄な男にむけたまま動かなかった。男が長脇差を前に突き出すように構えたまま間合をつめてきたからである。それに、宗五郎の息は乱れていた。久し振りで激しい動きをしたために息が切れたのだ。

宗五郎より先に、刀十郎が仕掛けた。斬撃の間合に踏み込むや否や、裂帛の気合を発して斬り込んだ。

真っ向へ。稲妻のような斬撃である。

咄嗟に、稔造は匕首を振り上げて刀十郎の斬撃を受けようとした。だが、刀十郎の鋭い斬撃は、稔造の匕首では受けきれなかった。

にぶい金属音がし、稔造の匕首が足元に落ちた。次の瞬間、稔造は絶叫を上げて身をのけぞらせた。

稔造の肩口が裂け、血が噴いた。刀十郎の一撃は、稔造の匕首をたたき落とし、そのまま肩口を斬り割ったのだ。

稔造は獣の唸るような声を上げ、後ろへよろめいた。

タアッ！

すかさず、刀十郎が踏み込んで二の太刀を袈裟にふるった。

稔造の首がかしぎ、血飛沫《ちしぶき》が驟雨のように飛び散った。刀十郎の切っ先が、首根をとらえたのである。

よろよろと稔造は血を撒きながらよろめき、足がとまったとみえた瞬間、朽ち木が倒れるように転倒した。

叢に横たわった稔造はモソモソと手足を動かしていたが、すぐに動かなくなった。絶命したようである。

刀十郎は稔造にかまわず、辰五郎に迫った。

辰五郎は両手を前に突き出し、尻込みしながら、

「よ、よせ！　金なら、いくらでも出す」

と、声を震わせて言った。

「遅い！」

刀十郎が踏み込んだ。

すると、辰五郎は反転し、喉を裂くような悲鳴を上げて逃げだした。

「逃がさぬ！」

刀十郎は、辰五郎の背後に走り寄りざま袈裟に斬り込んだ。

辰五郎が凄まじい絶叫を上げ、身をのけぞらせた。着物の肩口から背にかけて着物が裂け、血が迸り出た。

辰五郎は悲鳴を上げ、よろけながら逃げていく。

刀十郎は八相に構え、辰五郎の背後に迫った。そのとき、辰五郎が爪先を何かにひっかけて前につんのめり、飛び込むような格好で地面に両手をついて四つん這いになった。ヒイ、ヒイ、と悲鳴を上げ、辰五郎は叢を這って逃げようとした。

「見苦しいぞ」

刀十郎は追いすがり、切っ先を辰五郎の背に突き刺した。

グッ、と喉のつまったような呻き声を上げ、辰五郎は喉を前に突き出すようにして動きをとめた。一瞬、四つん這いの格好のまま辰五郎は身を硬くしたが、刀十郎が刀を引き抜くと前につっ伏した。

背中の傷口から、血が奔騰した。刀十郎の切っ先が、辰五郎の心ノ臓を突き刺したらしい。

辰五郎は四肢を痙攣させていたが、首をもたげようともしなかった。すでに、息絶えているようだ。夜陰のなかに血の臭《にお》いがただよっている。

刀十郎は、血刀をひっ提げたまま宗五郎に目をやった。宗五郎に長脇差をむけていた男が、何か喚《わめ》きながら逃げていく。辰五郎が斬られたのを見て、逃げだしたらしい。

宗五郎が、刀十郎のそばに歩を寄せてきた。

「し、始末がついたな」

宗五郎が、声をつまらせて言った。

まだ、息がはずんでいる。顔もいくぶん紅潮していた。歳のせいで、胸の鼓動がなかなか収まらないらしい。

「長屋の者たちは、無事でしょうか」

刀十郎は、辺りを見まわした。

すでに、闘いは終わっていた。夜陰のなかに立っているのは、長屋の者ばかりだった。権十も、牢人をひとり仕留めたようである。権十の足元に、牢人らしき男がひとり倒れている。

叢につっ伏して唸り声を洩らしている男がいたが、辰五郎の手先らしかった。

「みんな無事のようだ」

宗五郎がほっとしたような声で言った。

そこへ、権十や彦次たち長屋の面々が集まってきた。権十と為蔵の顔に赭黒い血の色があった。返り血を浴びたらしい。いずれも顔が紅潮し、目がギラギラひかっていた。まだ、興奮が収まっていないようだ。

「辰五郎を仕留めたぞ」

宗五郎が声を上げた。

すると、にゃご松と飛助が歓声を上げた。

「明日から、また稼ぎに出られる」

宗五郎がそう言うと、飛助は奇声を上げてトンボ返りをし、為蔵は四股《しこ》を踏み始めた。にゃご松などは掌を合わせて、にゃんまみだぶつ、にゃんまみだぶつ、たんまり稼げますように、と唱え始めた。

第六章　剣鬼甦《たお》る

1

「父上、どうぞ」

小雪が宗五郎の膝脇に湯飲みを置いた。湯気がたっている。

朝餉の後、宗五郎が刀十郎の家に顔を出し、小雪が茶を淹れてくれたのだ。

「おお、すまんな」

宗五郎は湯飲みを手にし、目を細めて一口すすってから、

「昨夜、来ようと思ったのだがな。夜分顔を出して知らせるようなことでもないと思い、今朝になったわけだ」

そう言って、刀十郎に目をむけた。

「何かありましたか」

刀十郎が訊いた。

「七兵衛が逃げた」

「七兵衛が……」

刀十郎は、七兵衛のことをあまり気にしていなかった。七兵衛は長屋の空き部屋に監禁したままだった。お春たちを助け出し、辰五郎の始末がついたら、堂本が岡っ引きにでも話し、人攫い一味の手先ということで捕縛してもらうことになっていた。それが面倒だったら、解き放してもいいと思っていたのだ。

「昨晩、縄を解いて逃げ出したらしい。隣の与作《よさく》から知らせがあったのだが、まァ、明日でいいと思ってな」

与作は、七兵衛を監禁していた部屋の隣に住む男である。

「辰五郎のところに、もどるようなことはないでしょう」

刀十郎が言った。

「そうだな。……江戸から、逃げたかもしれん」

宗五郎は湯飲みを手にしたまま、いっとき虚空に視線をとめていたが、

「刀十郎たちは、今日から首売りの商売に出るのか」

と、訊いた。

「いえ、今日は深川へ行ってみようと思ってるんです。辰五郎の賭場や浜乃屋がどうなっているか、気になっていましてね。飛助が舟を出してくれるというので、いっしょに……」

刀十郎たちが、辰五郎たちを始末して三日目だった。

「わしも、行こうか」

宗五郎には、刀十郎が何を気にしているのか、分かっていた。浜乃屋や賭場のことが気になっているのではない。山神泉十郎である。その後、山神がどこでどうしているか、分からなかったのだ。

「いえ、わたしと飛助だけで行きますよ」

刀十郎は、照れたような笑みを浮かべて言った。

「そうか」

宗五郎は、それ以上口にしなかった。刀十郎は山神をひとりの剣客としてみているのだ。宗五郎が口をはさむことではなかった。

刀十郎は宗五郎が茶を飲み終えて腰を上げると、

「小雪、陽が沈む前に帰ってくるからな」

と言い置き、宗五郎と連れ立って外へ出た。

ふたりは、路地木戸の方へ肩を並べて歩いた。

「山神に勝てるのか」

宗五郎がつぶやくような声で訊いた。顔がけわしくなっている。

「やってみなければ分かりませんが、もう一度立ち合ってみたいと思っています。おそらく、むこうも同じ気持ちでしょう」

「そうかもしれんな。……刀十郎」

宗五郎が足をとめて、刀十郎に目をむけた。

「居合との勝負は間積もりが大事だ。初太刀であろうと二の太刀であろうと、間合をはずせば勝機はある」

「はい……」

刀十郎にも、宗五郎の言わんとしていることは分かった。居合の抜きつけの一刀はむろんのこと二の太刀も、間合の読みでかわすことができるというのだ。

「首売りの技とつうじるかもしれんぞ」

「…………」

刀十郎は無言でうなずいた。

刀十郎は宗五郎の家の前で分かれると、足早に路地木戸の方へむかった。柳橋近くの桟橋で、飛助が待っている手筈になっていたのだ。

飛助は猪牙舟の船梁に腰を下ろして待っていた。これまで、刀十郎たちが深川へ行くのに使った舟である。

飛助は桟橋から舟を出して大川の流れに乗ると、櫓を漕ぐ手をとめて、

「刀十郎の旦那、どこへ着けやす」

と、訊いた。

「まず、黒江町にある浜乃屋を探ってみたいのだがな」

刀十郎は、浜乃屋の離れに山神がいるかどうか知りたかったのだ。

「相川町辺りに着けやすかね」

「そうしてくれ」

相川町は大川沿いにひろがり、永代橋より川下に位置していた。黒江町に程近い町である。歩いてもわずかであろう。

刀十郎の乗る舟は永代橋をくぐると、左手の深川に水押をむけ、ちいさな桟橋に船縁《ふなべり》を寄せた。この辺りが、相川町らしい。

「旦那、着きやしたぜ」

飛助が、舫い杭に綱をかけながら言った。

刀十郎が桟橋に下りると、飛助もつづいて舟を下り、川沿いの通りにつづく土手の小径を上がった。

ふたりは大川沿いの道を川下に向かって歩き、左手におれて富ケ岡八幡宮につづく門前通りへ入った。

掘割にかかる八幡橋を渡ると前方に一ノ鳥居が見えた。その辺りから通り沿いの左右にひろがる町並が黒江町である。

黒江町をいっとき歩くと、飛助が足をとめ、

「旦那、浜乃屋はあの店ですぜ」

と、言って、二階建ての料理屋を指差した。

老舗らしい落ち着いた感じのする店だった。店の裏手に、松や椿などの植木が深緑を茂らせていた。おそらく、離れはそこに建っているのだろう。

「店はやってるようですぜ」

「そのようだな」

店先に暖簾が出ていた。まだ、昼前のせいもあって、客はいないらしくひっそりしていた。

「話を訊きたいが、店には入れんな」

刀十郎は、離れに山神がいるかどうか知りたかったのだ。

「魚屋の親爺なら、話が訊けやすぜ」

飛助によると、富政《とみまさ》という魚屋の親爺が浜乃屋の板場に出入りしていて、店のことはよく知っているという。

「おまえ、くわしいな」

「ヘッヘヘ……。浜乃屋は、何度か探りやしたんでね」

飛助は浜乃屋の裏手で見張っているとき、裏口から出てきた魚屋らしい初老の男をつかまえ、銭をにぎらせて訊いたことがあった。その男が、富政の親爺だったのだ。

「富政がどこにあるか、知っているのか」

刀十郎が訊いた。

「へい、ここから二町ほど先でさァ。……行ってみやすか」

「頼む」

飛助はすぐに歩きだした。

二町ほど富ケ岡八幡宮の方へ歩き、左手の細い路地に入ってすぐのところに富政はあった。小体な店だった。干物が多いようである。生魚は、振り売りか、頼まれた店に直接届けているのかもしれない。

「ちょっと、呼んできまさァ」

そう言って、飛助は店に入っていったが、すぐに初老の小柄な男を連れてもどってきた。色が浅黒く、目の細い男である。豆絞りの手ぬぐいで、捩《ねじ》り鉢巻きをしていた。店の親爺らしい。

「浅吉《あさきち》といいやす」

男は腰を低くして言った。

「ちと、訊きたいことがあるのだ。浅吉は、浜乃屋に出入りしてるそうだな」

刀十郎が切り出した。

「へい、頼まれて、魚をとどけることがありやす」

「離れに牢人が住んでいたのを知っているか。名は山神泉十郎だ」

刀十郎は山神の名を出した。浅吉に、隠すことはないと思ったのである。

「へい」

「むかしの知り合いでな。……いまもいるのか」

「いまは、おりやせん」

刀十郎は、山神を知り合いということにしておいた。

「いないのか」

「浜乃屋の女将の旦那が亡くなりやしてね。……でけえ声じゃァ言えねえが、斬り殺されたらしいんでさァ。その後、ぷっつり姿を消しちまったようですぜ。……女中のおしげさんから聞いたんでさァ」

浅吉が声をひそめて言った。

女将の旦那は、辰五郎である。おしげは、浜乃屋に勤めている女中らしい。

「浜乃屋の旦那が亡くなったそうだが、これから先も店はつづけるのかな」

「どうですかね。……女将さんひとりじゃァ、つづけるのは無理かもしれやせんぜ」

浅吉が首をひねった。

刀十郎は浅吉に銭を握らせ、また、話を聞かせてもらうことがあるかもしれん、と言い置いて、店先から離れた。

表通りに出たところで、

「旦那、どうしやす」

と、飛助が訊いた。

「そうだな。ここまで来たのだ。賭場を探ってみるか」

刀十郎は、賭場にも山神はいないのではないかと思ったが、念のためである。

ふたりは富ケ岡八幡宮の門前を通り、入船町へ入った。賭場を覗くことはできなかったので、近くの路地を通りかかった船頭にそれとなく訊くと、賭場はまだひらいていているらしかった。

「賭場に、年寄りの牢人はいなかったか」

刀十郎が訊くと、

「牢人はいたが、年寄りはいなかったな」

船頭はそう答え、すぐに刀十郎たちから離れていった。賭場のことはあまり話したくなかったようだ。

刀十郎の思ったとおり、山神は賭場にはいないようだ。浜乃屋にも、賭場にもいない。山神は江戸を離れたのであろうか。

……いや、山神は江戸のどこかにいる。

と、刀十郎は思った。

刀十郎との勝負をこのままにして江戸から姿を消すとは思えなかったのである。

2

その日、曇天だった。雲が厚く、いまにも雨が降ってきそうな空模様である。両国広小路の人出は多かったが、小走りに通り過ぎる者が多かった。露店や大道芸人などを覗く客はほとんどいない。

「刀十郎さま、今日はしまいましょうか」

小雪が、獄門台から首だけ突き出している刀十郎に言った。空模様に急かされるのか、獄門台ですら覗く者がいないのだ。

刀十郎が、飛助と浜乃屋の様子を探りに出かけてから五日経っていた。刀十郎は三日前から、小雪とふたりで両国広小路に首売りの商売に出るようになった。山神のことは気になっていたが、探しようもなかったのである。

「そうだな」

刀十郎は獄門台から首をひっこめ、後ろに下がって立ち上がった。

「雨が落ちてくる前に、長屋に帰りましょう」

小雪は、すぐに商売道具を片付け始めた。

刀十郎も手伝った。片付けは簡単だった。ふたつの張りぼての生首を白布にくるんで背負い籠に入れ、刀、槍、薙刀、立て札などを細紐でくくり、獄門台は脚をはずして川岸近くの樹陰におけば、それで終りである。

「刀十郎さま、帰りましょう」

小雪は背負い籠を背負って先に歩きだした。

「待ってくれ」

刀十郎は、束ねた刀槍などを小脇にかかえて小雪の後を追った。

刀十郎と小雪は両国広小路を抜け、神田川にかかる柳橋を渡って大川端へ出た。首売り長屋へ帰るいつもの道筋である。

大川端の人影はまばらだった。通り沿いの表店は店をひらいていたが、客の姿はみられなかった。

「雨ですよ」

小雪が空を見上げて言った。

ぽつぽつと雨が降ってきた。まだ、濡れるほどではなかったが、雨足は強くなってくるかもしれない。

遠近《おちこち》で、表戸をしめる音が聞こえてきた。今日は、もう商売にならないとみて、早めにしめる店もあるようだ。

「おまえさん、あそこにだれかいますよ」

小雪が前方を指差した。

半町ほど前方の川岸に、太い桜の木が枝葉を茂らせていた。その根元に、ひとりの老武士が立っていた。

……山神だ！

その姿に見覚えがあった。刀十郎を待っているようだ。

刀十郎は足をとめなかった。小雪は山神のことを知らなかったが、老武士の姿に異様な気配を感じたのだろう。不安そうな顔をして跟《つ》いてくる。

刀十郎たちが十間ほどに迫ったとき、山神はゆっくりとした歩調で通りへ出てきた。

「小雪、先に長屋へ帰ってくれ」

刀十郎が低い声で言った。

「お、おまえさん、あの人、腕試しをした武士ですよ」

小雪は、気付いたようだ。

「案ずることはない。話があるだけかもしれん。……小雪、先に帰れ」

刀十郎の声に強いひびきがくわわった。

「き、気をつけてくださいね」

小雪は、仕方なく刀十郎から離れた。路傍へまわり込んで、山神を追い越すつもりらしい。

刀十郎は足をとめ、小脇にかかえていた束ねた刀槍や立て札などを路傍に置いた。

山神はゆっくりとした歩調で刀十郎に近付いてくると、およそ四間の間合をとって足をとめた。

「……妻女かな」

山神が、逃げるようにその場を離れていく小雪に目をやって訊いた。静かな物言いである。

「いかにも」

「そうか」

山神は目を細めて、悲しげな表情を浮かべた。山神の胸を、亡くなった妻や娘のことがよぎったのかもしれない。

「おぬしほどの腕がありながら、なにゆえ、辰五郎などの用心棒になったのだ」

刀十郎が訊いた。

「さて、どうしてかな。……いろいろあったが、元をただせば一両二分が欲しかったからであろうな」

そう言って、山神は口元に笑みを浮かべたが、すぐに表情のない顔にもどった。

「わたしを待っていたのか」

「そうだ。……霞飛燕を試してみたいのでな」

山神は、左手で鍔元を握ると鯉口を切った。そして、右手を刀の柄に添えて、腰をわずかに沈めた。居合の抜刀体勢を取ったのである。

「よかろう」

刀十郎も抜刀した。


小雪は、後ろを振り返って見た。刀十郎と山神が向き合っている。

……うちのひとが、刀を抜いた！

小雪は刀十郎が刀を抜いたのを目にした。対峙した山神も抜刀体勢をとっている。ふたりは立ち合うつもりなのだ。小雪は駆けもどって、刀十郎に加勢しようと思った。だが、小雪には何もできないだろう。夫の斬り合いを、脇で見ているしかないはずだ。

……父上に知らせよう。

と、小雪は思った。

首売り長屋は、遠くない。宗五郎に知らせれば、助けに駆けつけてくれるはずだ。

小雪は走りだした。雨がぽつぽつと降っていた。顔にかかった雨をぬぐいもせず、小雪は懸命に走った。

3

刀十郎と山神の間合は、およそ四間。斬撃の間境からはまだ遠い。

刀十郎は青眼に構えてからゆっくりと刀身を下げ、切っ先を相手の鳩尾につけた。青眼だが、下段にちかい構えで刀身はほぼ水平である。以前、山神と立ち合ったときと同じ構えである。

対する山神は居合腰に構えたまま、刀十郎を見すえていた。全身に気勢が満ち、激しい剣気をはなっている。老体に生気がみなぎり、まがっていた腰が伸び、体が大きくなったように見えた。

「まいる！」

山神が足裏を摺るようにしてジリジリと間合をせばめ始めた。下から突き上げてくるような威圧がある。

刀十郎は動かなかった。気を鎮めて、山神の動きを見つめている。刀十郎は斬撃の間境から半歩手前で仕掛けるつもりだった。霞飛燕の初太刀を見切り、山神が二の太刀をふるう瞬間をとらえて斬り込むのである。

……間合の読みが勝負を決する。

と、刀十郎はみていた。

山神との間合がすこしずつつまってくる。刀十郎は表情のない顔で、山神を見つめていた。獄門台から首だけ出し、斬りつけてくる客を見つめている顔と同じである。

次第にそれぞれの剣気が高まり、時がとまったような静寂と息詰まるような緊張がふたりをつつんでいる。

……あと、一歩！

刀十郎がそう感じたとき、ふいに、山神の寄り身がとまった。

山神は全身に激しい気魄を込め、斬撃の気配を見せた。気攻《きぜ》めである。山神は微動だにしない刀十郎にただならぬ気配を感じ、気攻めで刀十郎の気を乱してから仕掛けようとしたのだ。

刀十郎は動かない。獄門首のように表情のない顔で山神を見すえている。

数瞬が過ぎた。

そのとき、落ちてきた雨粒が山神の瞼《まぶた》を打った。フッ、と山神の気が乱れた。

刹那、刀十郎の全身に斬撃の気がはしった。

イヤアッ！

裂帛の気合とともに体が躍動し、閃光がはしった。一歩踏み込みざま斬り込んだのだ。一歩己が踏み込むことで、遠い間合をつめたのである。

青眼から真っ向へ。鋭い斬撃である。だが、これは山神に抜かせるための捨て太刀だった。

一瞬、間を置いて山神が抜きつけた。

迅い！

逆袈裟にはしった閃光が、刀十郎の眼前できらめいた。一瞬、刀十郎の目にそのきらめきが映じた。霞飛燕の一刀である。

刀十郎の切っ先は、山神の眼前の空を切って流れた。同じように山神の切っ先も逆袈裟に流れた。刀十郎が遠い間合から仕掛けたからだ。刀十郎は、霞飛燕の初太刀を見切ったのである。

次の瞬間、ふたりはほぼ同時に二の太刀をはなった。俊敏な体捌きである。

刀十郎は振り上げざま袈裟へ。

山神も刀身を返しざま袈裟へ。

袈裟と袈裟。

二筋の閃光が眼前で合致し、甲高い金属音がひびき、青火が散って、ふたりの刀身がはじき合った。

次の瞬間、ふたりは大きく背後に跳んだが、刀十郎はすぐに青眼に構えて一歩踏み込んだ。山神に納刀の間を与えないためである。居合は、抜刀してしまうと力が半減するのである。

山神は刀身を引いて、脇構えにとった。居合の抜刀の呼吸で、斬り上げるつもりであろう。

「霞飛燕をかわしたか……」

山神の顔に驚きの色があった。

「まだ、勝負はついておらぬ」

刀十郎は刀身を下げ、切っ先を敵の鳩尾につけた。

「いかさま」

山神は顔の表情を消し、全身に気魄を込めた。

刀十郎が先に動いた。趾《あしゆび》を這うようにさせて、ジリジリと間合をつめ始めた。山神も動いた。同じように間合をつめていく。

ふたりの間合が一気にせばまった。一足一刀の間境に右足が迫るや否や、刀十郎が仕掛けた。

踏み込みざま真っ向へ。迅雷のような斬撃だった。

間髪をいれず、山神が脇構えから逆袈裟に斬り上げた。

ふたりの刀身が眼前で合致し、はじき合った。次の瞬間、山神の体勢がくずれて後ろへよろめいた。刀十郎の真っ向への強い斬撃に押されたのである。

タアッ！

すかさず、刀十郎が袈裟に斬り込んだ。

山神は体勢をくずしながらも、刀身を横にはらった。

次の瞬間、山神が身をのけぞらせた。肩口から胸にかけて着物が裂けている。刀十郎の切っ先がとらえたのだ。

一方、山神の切っ先は、刀十郎の右袂を切り裂いて空へ流れた。体勢をくずしながふるったため、わずかに太刀筋が乱れたのである。

山神はたたらを踏むようによろめいたが、足を踏ん張って何とか体勢をたてなおした。あらわになった胸から血が迸り出ていた。刀十郎の一撃は山神の鎖骨を截断し、胸部まで達していた。深い傷である。

山神は刀を構えようとしたが、刀身がワナワナと震えて構えられなかった。右腕が動かないようだ。

「こ、これまでだな……」

山神は苦痛に顔をしかめたが、かすかに唇をひらいて笑みを浮かべ、

「おぬしのお蔭で、最期にいい立ち合いができた」

と、つぶやくような声で言った。

山神は、自由になる左手でいきなり刀身をつかみ、切っ先で己の首を引き斬った。

ビュッ、と音をたてて血がはしった。噴出した血が赤い帯のように飛んだのだ。首の血管《ちくだ》を切っ先で掻き斬ったためである。

山神は血を噴出させてつっ立っていたが、すぐに血の噴出は収まり、首筋から流れ出るだけになった。心ノ臓がとまったのかもしれない。

ゆらっ、と山神の体が揺れた瞬間、山神は腰からくずれるように転倒した。

地面に伏臥した山神は、ピクリとも動かなかった。すでに絶命しているようである。

刀十郎は血刀をひっ提げたまま山神に近付いた。山神は地面に伏したまま死んでいた。その背に雨が降りそそいでいる。

……山神は死ににに来たのかもしれない。

と、刀十郎は思った。最期に見せた笑みが、刀十郎にそう思わせたのである。

「刀十郎さま！」

雨音のなかに、小雪の声がひびいた。

見ると、通りの先に何人もの人影が見えた。小雪を先頭にして駆けてくる。宗五郎、初江、飛助……。権十やにゃご松の姿もあった。

小雪が宗五郎の家に飛び込み、助けをもとめたらしい。小雪と宗五郎の声を聞きつけて、飛助や権十たちも駆けつけたのだろう。

刀十郎は血振りをくれると、ゆっくりと納刀し、小雪たちが近付くのを待った。

……山神を葬ってやろう。

なぜか、刀十郎は山神が憎めなかった。このまま放置するのは哀れだと思い、長屋の者の手を借りて、山神を回向院の隅にでも埋めてやろうと思ったのだ。

4

刀十郎は朝餉を終えると、腰高障子をあけて外に出た。

晴天である。朝日が戸口に満ちていた。

戸口には、刀十郎が世話をしている松、山紅葉、欅、梅などの盆栽が並んでいた。盆栽といっても、ほとんど自然に伸びた若木である。その若木の緑が、朝日を浴びてかがやいている。

刀十郎は植えてある木箱や素焼きの鉢の土に手をやり、湿り具合をみてから、

……水をやるか。

と、つぶやいた。

刀十郎は戸口から家に入ると、柄杓《ひしゃく》と手桶《ておけ》を手にしてふたたび外に出た。手桶は

空だったので、井戸で水を汲《く》んで来ようと思ったのだ。

刀十郎は、お春が攫われてから盆栽の世話がほとんどできなかった。ときには、水をやれない日もあった。ただ、小雪が気を利かせて、水だけは忘れずにやってくれたので枯れるようなことはなかった。

刀十郎が大川端で山神を斃してから七日過ぎていた。このところ、暮らしも落ち着き、盆栽の世話する余裕もできたのである。

手桶に水を汲んでもどると、戸口に宗五郎と小雪が立って、盆栽を眺めていた。

「水やりか」

宗五郎が訊いた。

「はい」

「これから、両国広小路に行くのか」

宗五郎は、刀十郎たちが首売りの商売に行くつもりなのか訊いたのである。

「水やりを終えたら行くつもりです」

このところ、風雨で見世物ができない日は別だが、刀十郎たちは休むことなく両国広小路に出かけていた。

「義父上、何かお話でも？」

刀十郎が小声で訊いた。いくら暇でも、宗五郎が朝から刀十郎の盆栽を眺めに来るはずはないのだ。何か話があって来たはずである。

「刀十郎の耳に入れておきたいことがあってな」

宗五郎が小雪に目をやって言うと、

「わたし、広小路に行く支度をしますね」

小雪が言って、戸口から家へ入った。小雪は、自分の前では話しづらい男同士の話と思ったようだ。

「なんです」

あらためて、刀十郎が訊いた。

「いや、小雪がいてもかまわんのだがな」

そう前置きして、宗五郎が、

「七兵衛が町方につかまったらしい」

と、小声で言った。七兵衛は、長屋から逃げ出した辰五郎の手下である。

「七兵衛は、どこに隠れていました」

「辰五郎の賭場だよ」

「深川の？」

「そうだ」

宗五郎が、昨日、にゃご松が深川をまわってな、いろいろ聞き込んできたのだ、と前置きして話しだした。

刀十郎たちが辰五郎たちを斬った後も、深川入船町にある辰五郎の賭場は、松蔵《まつぞう》という代貸の手でひらかれていたという。そこへ、七兵衛は逃げ込み、身を隠していたようだ。ところが、辰五郎と手下たちが何人も賭場の近くで斬られたことで、町方もこのまま放置できないと思ったらしく、賭場に手が入ったという。

「そのさい、代貸の松蔵、七兵衛、峰吉など残っていた辰五郎の手下たちがお縄になったそうだ」

宗五郎が、松の盆栽を手にとって眺めながら言った。

「七兵衛も、賭場へもどらずにどこかへ身を隠せば、逃げられたでしょうにね」

刀十郎が、どうです、その松、なかなかの名木でしょう、と訊いた。

「まァな」

宗五郎は、こんな木のどこがいいのだ、といった顔をして、すぐに盆栽を置いてしまった。

「それからな、浜乃屋も店をしめたらしいぞ」

宗五郎が、パン、パン、と手をたたきながら言った。手に付いた泥を落とそうとしたらしい。

「お滝はどうしました」

刀十郎が訊いた。

「そこまでは、分からんな。……まァ、したたかな女らしいから、また男をくわえ込んで、別の店の女将にでも収まるだろうよ」

「そうですね」

刀十郎は、柄杓を手にして盆栽に水をやり始めた。水をやりながらでも、宗五郎と話ができるのである。

「刀十郎、盆栽もいいがな。他に育てるものがあるのではないのか」

宗五郎がもっともらしい顔をして言った。

「何です、他に育てるものとは」

刀十郎は水をやる手をとめて訊いた。

「赤子だよ、赤子」

宗五郎が刀十郎に身を寄せ、声をひそめて言った。

「赤子……」

「そうだよ。盆栽はな、子供を育て終えたわしのような者がやるものだ。……刀十郎、ふたりで励まねば、生れる子も生れてこんぞ」

「はァ……」

刀十郎は、返答に窮して下をむいてしまった。刀十郎の顔が、赤く染まっている。

そのとき、腰高障子の向こうから、

「刀十郎さま、支度してくださいな」

小雪の声が、聞こえた。

すると、宗五郎が肘で刀十郎の脇腹をつついて、

「よいな、子作りに励めよ。名木を育てるのは、それからだ」

そう言って、ニヤリと笑った。

この作品は書き下ろしです。

首《くび》売《う》り長屋《ながや》日月譚《じつげつたん》

この命《いのち》一両《いちりょう》二分《にぶ》に候《そうろう》

鳥《と》羽《ば》亮《りょう》

平成23年12月10日　初版発行

発行人――石原正康
編集人――永島賞二
発行所――株式会社幻冬舎
〒151-0051東京都渋谷区千駄ヶ谷4-9-7
電話　03(5411)6222(営業)
　　　03(5411)6211(編集)
　　　振替00120-8-767643
印刷・製本―図書印刷株式会社
装丁者――高橋雅之

幻冬舎時代小説文庫

ISBN978-4-344-41784-7　C0193　と-2-24